INTO THE BEAT

Dein Herz tanzt

Das Buch zum Film

Nach einem Drehbuch
von Hannah Schweier und Stefan Westerwelle,
nach einer Idee von Vera Kissel

Von TextDoc Kiesel

360 grad

MIX
Papier aus verantwortungsvollen Quellen
FSC® C084279
FSC
www.fsc.org

Eichenweg 21a * D-69198 Schriesheim
www.360grad-verlag.de
www.facebook.de/360GradVerlag
www.instagram.com/360gradverlag_bestbooks

Den Text nach dem Film INTO THE BEAT – DEIN HERZ TANZT
auf Basis des Drehbuchs von Hannah Schweier und Stefan Westerwelle,
nach einer Idee von Vera Kissel schrieb TextDoc Kiesel
Produktion des Films: Philipp Budweg, Lieblingsfilm GmbH, München
Regie des Films: Stefan Westerwelle
Der Film entstand in der der Initiative DER BESONDERE KINDERFILM
Verleih: Wild Bunch Germany GmbH
Fotos: Marlon von der Mehden, Steffen Junghans,
Manju Sawhney © Lieblingsfilm / Wild Bunch Germany

Satz: Helmut Schaffer, Hofheim a. Ts.
Cover auf Basis des Filmplakats: Götz Rohloff, Die BuchMacher, Köln
Gesamtherstellung: Print Consult GmbH, München
Printed in Europe

1. Auflage 2020

ISBN 978-3-96185-759-3

2 4 5 3 1

»Deine Familie ist das Ballett.«

Victor, Katyas Vater

»Die Welt des Streetdance ist eine riesige Family.«

MARLON

DORNRÖSCHEN

Die Spuren des harten Trainings waren nicht zu übersehen. Die Mädchen flatterten wie Prinzessinnen durch die Gänge der Ballettschule. An den Füßen trugen sie Bandagen. Auch ich hatte Toe-Pads, diese Spitzenschoner, zwischen die Zehen gesetzt und meine Knöchel sorgfältig mit Tape umwickelt. Darüber hatte ich Satinbänder gebunden und die Haare nach Vorschrift zum Dutt hochgesteckt. So saß ich nun da auf dem Parkett unserer prunkvollen Schule, wie die anderen Elevinnen auch, und wartete. Wartete auf die Ansage unserer Tanzlehrerin.

Dann kam sie durch die weiße, mit Goldfarben verzierte Flügeltür. Wie eine Königin schritt die große alte Dame auf uns zu. Jedem ihrer Schritte und jeder ihrer Gesten war die Erhabenheit anzusehen. Frau Rosebloom hatte eine unfassbar erfolgreiche Ballettkarriere als Prima Ballerina hinter sich. Sie hatte Beifallstürme auf den Bühnen dieser Welt rund um den Globus erlebt, lange Artikel mit großen Fotos waren in den Zeitungen über sie erschienen, sie wurde gefeiert, auch nach ihrer Karriere. Sie hatte schon meinen Papa trainiert, und Elevin an ihrer Tanzschule zu sein, war Auszeichnung und Ehre zugleich. Frau Rosebloom war eine Göttin für uns. Und Göttinnen huldigt man, auch wenn man sie nicht immer liebt.

»Guten Morgen, young Ladies«, sagte die Göttin zu uns Mädchen und fuhr mit ernster und fordernder Stimme fort: »Ihr habt noch acht Wochen bis zum Vortanzen. Denkt immer daran: Die New York Ballet Academy sucht nur eine für das Stipendium aus. Das ist eure große Chance. Enttäuscht euch nicht.«

Da war er wieder. Der Druck. Die Jury der Academy würde genau hinsehen, und ja, nur eine von uns, nur eine einzige von uns allen würde genommen werden.

Ich wollte genommen werden. Und ich war mir sicher, dass ich es schaffen würde.

Ich heiße Katya. Ich bin 16. Manche nennen mich anmutig und schön und selbstsicher. Sollen sie. Mir ist das egal, was andere über mich denken. Ich bin ich. Von meinen Fragen, meinen Zweifeln und Unsicherheiten wissen sie ohnehin nichts. Alles war schwer genug die letzten Jahre. Nicht nur wegen des Trainings im Ballett. Auch zu Hause. Vor allem seit der Sache mit Mama.

Aber daran konnte ich jetzt nicht denken. Frau Rosebloom klatschte in die Hände und sagte: »Wir beginnen heute mit der Solovariation aus Dornröschen *Auroras Geburtstag*«.

Dann schaute sie mich direkt an und bat mich nach vorn.

Ich war also als Erste dran. Vortanzen im Training. Nichts Besonderes. Ich eilte zum Spiegel und ging in Startstellung.

Der Pianist begann zu spielen.

»S'il te plait.« Los ging's.

Mit den ersten Klavierklängen begann ich, die vorgegebene Choreografie und die Figuren zu tanzen.

Auf den Spitzen. Die Hände immer wieder federleicht in der Höhe. Die Arme geschwungen. Alles war fließend, graziös, fehlerfrei.

»Cinquième.«

Die schier endlosen Aufzählungen von Frau Rosebloom schreckten mich nicht.

Entrée.

Ballonné, Ballonné.

Battement tendu, Battement tendu.

Assemblé.

Fouetté en tournant.

Fouetté en tournant.

À la seconde.

Ailes de Pigeon.

Zweimal Glissade und Grand jeté ...

Ich tanzte alles perfekt. Bis zur Schlussposition.

»Bravo, Katya«, sagte Frau Rosebloom anschließend. Die Worte waren ihr Applaus. »So tanzt nur eine echte Orlow.«

Ja, ich war eine Orlow. Eine echte Orlow. Die Orlows waren und sind eine Meistertänzer-Familie. Papa war stolz auf mich.

STAATSBALLETT

Wie ich meine Freiheit liebte. Auf dem Fahrrad zum Beispiel spürte ich sie. Ich trat in die Pedalen und raste durch die Straßen. Aus den Kopfhörern dröhnte laut Popmusik. Ja, ich weiß, das ist verboten, auf dem Rad Musik zu hören. Aber das war mir in diesem Moment egal. Ballett war Ballett. Und Freiheit war FREIHEIT.

Im Kindergarten musste ich meinen Bruder Paul abholen. Er war fünf. Ich mochte den Kleinen sehr. Seit Mama weg war, musste ich mich noch mehr um ihn kümmern und so war er mir noch wichtiger geworden.

In seinem grasbefleckten Fußballtrikot wartete Paul bereits. Am Fenster hielt er nach mir Ausschau. Als er mich sah, stürmte er hinaus zu mir. Ich nahm schnell die Kopfhörer ab, ehe es noch eine Erzieherin sah.

»Mann, da bist du ja endlich!«, rief Paul.

»Was denn, ich bin total pünktlich«, erwiderte ich.

Und das stimmte sogar. Denn ich hatte mich nach dem Ballett beeilt, weil wir schnell zu Papa wollten. Er hatte heute Premiere. Aber es war noch ewig Zeit.

Das machte ich Paul jetzt auch klar: »Die Premiere ist heute Abend. Wir könnten einmal um die ganze Welt fahren und wären immer noch rechtzeitig da.«

Paul schaute mich irritiert und fragend an. »Hä? Um die ganze Welt?«

So war er, unser Paul. Klein halt noch. Und ziemlich verträumt. Und manchmal ein wenig langsam im Denken. Aber klug war er trotzdem, pfiffig auch. Und immer für eine Überraschung gut.

Ich musste schmunzeln, zeigte ihm die Tupperdose und sagte: »Hier, Wegzehrung.«

Paul stieg auf mein Rad, den improvisierten Kindersitz liebte er.

Ab ging's. Auf zu Papa ins Staatsballett.

Als wir das Foyer betraten, sahen wir Victor gleich. Unser Vater stand kerzengerade vor einem Mikrofon und gab einem Journalisten ein Interview. Eine Fotografin knipste Fotos. Ich wollte gerade den Finger auf meine Lippen legen, damit Paul wusste, dass er ruhig sein sollte. Aber Papa hatte uns schon gesehen und unterbrach seine Antwort für das Interview. Seine Familie war ihm wichtiger.

»Hey, Paule«, rief er voller Freude. »Da seid ihr ja.«

Paul war schon losgerannt und stürzte auf ihn zu.

»Komm Paul, lass uns fliegen, fliegen ... «, rief Papa und breitete seine Arme weit zum Propeller aus. So war er. Auf seine Kinder ließ unser Papa nichts kommen.

Laut johlend stürmte Paul auf ihn zu. Papa riss ihn an sich, warf ihn freudig in die Höhe und ließ ihn durch die Lüfte sausen.

Der Journalist sah zu und sagte: »Na, da will wohl jemand in die Fußstapfen seines Vaters treten.«

»Na, schauen wir mal«, meinte Papa. »Ich glaube, er schießt lieber als Stürmer Tore ...« Dann sah er zu mir und sprach weiter. »... Aber machen Sie sich keine Sorgen, die nächste Orlow steht schon längst in den Startlöchern.«

Die nächste Orlow – das war ich. Jedenfalls für Papa, der seinen Stolz über seine Tochter auch jetzt nicht verbergen konnte. Freudig nahm er mein Gesicht in seine Hände und gab mir zur Begrüßung einen Kuss. Dann nahm er mich in den Arm und sagte: »Kommt, wir machen ein Familienfoto für die Zeitung.«

Die Orlows für die Ewigkeit sozusagen.

PREMIERE

Bis zur Premiere war wie gesagt noch ein wenig Zeit. Aber wir blieben im Staatsballett. Hier war nicht immer solche Hektik, aber heute war wirklich irre viel los. Trotzdem lief alles routiniert. Wie immer vor einer Premiere. Ich war schon oft dabei. Für Paul war das alles noch ein bisschen neu. Aber er fühlte sich auch sichtlich wohl. Und war stolz auf seinen Papa, der ihn zwischendurch immer mal wieder auf den Arm genommen hatte. Und dann war Papa auch schon im Federkostüm, seinem Kostüm für den Auftritt.

Wir standen in der Nullgasse zwischen den Vorhängen, schauten zur Bühne, wo Papa noch mal übte und nachher, wenn die Zuschauer im Saal waren, auftreten und bestimmt gefeiert werden würde.

Romy, die Abendspielleiterin, schob sich an uns vorbei. »Eine Minute noch, okay!«, sagte sie.

Wir warteten voller Spannung.

Gleich musste Papa raus auf die Bühne.

Das Orchester setzte ein. Musik erklang.

Papa schien ein wenig aufgeregt, das war eigentlich untypisch für ihn. Er ist sonst immer ganz cool. Auch vor den Auftritten.

»Ich mach den großen Sprung heute nur für dich«, sagte er und lächelte mich an.

»Toi, toi, toi, Papa!«, sagte ich und spuckte ihm auf die Schulter.

Er ging auf seine Position Richtung Bühne, zwinkerte mir noch mal zu, setzte seine Vogelmaske auf und konzentrierte sich jetzt voll und ganz auf seinen Auftritt. Noch mal tief Luft holen.

Im Zuschauersaal brandete Applaus auf.

Dann eröffnete er sein Solo, perfekt und exakt zum richtigen Zeitpunkt. Stolz schaute ich zu aus unserer Ecke in der Nullgasse. Wir konnten alles gut sehen. Papa tanzte hingebungsvoll und ausdrucksstark im Lichtkegel.

Plötzlich stand Romy neben mir. Jetzt, da die Vorstellung lief, schien die Anspannung von ihr gewichen zu sein.

»Hey, Katya«, sagte sie. »Schön, dich zu sehen.«

Und dann meinte sie flüsternd, wie unglaublich ähnlich ich meiner Mutter mittlerweile sähe. Da war er wieder, dachte ich. Der Vergleich. Wie oft hatte ich den schon gehört – den Orlow-Vergleich …

Zum Glück ging es jetzt gerade nicht um mich. Jetzt stand Papa auf der Bühne im Rampenlicht. Und ich nur in der Nullgasse.

»Und was macht New York?«, fragte Romy.

»Das wird«, sagte ich und lächelte Romy an.

»Wow. Was für ein Traum«, meinte Romy. »Wir drücken alle die Daumen, dass das was wird. Dein Vater redet von nichts anderem mehr.«

Wieder lächelte ich sie an. Es war schön, zu wissen, dass andere an einen glauben. Und Romy war Profi durch und durch. Ihre Aussage bedeute was. Aber noch mal, eigentlich war das jetzt nicht wichtig. Denn jetzt und hier ging es um Papa. Er ließ sich gerade in der Drahtseilkonstruktion befestigen.

Gleich würde er fliegen.

Der große Sprung.

Wie oft hatte er ihn geprobt.

Wie oft hatte er davon erzählt.

Passend zur Musik, die immer dramatischer wurde, nahm er Anlauf und setzte zum großen Sprung an.

Jetzt gleich hob er ab, schwebte höher und höher durch die Lüfte.

Gigantisch sah das aus.

Grandios sah das aus.

Ich schaute gebannt wie alle anderen zu.

Der Lichtkegel der Scheinwerfer verfolgte den fliegenden Tänzer ...

Doch dann passierte das Schreckliche.

Das, was niemand erwartet hatte.

Keiner hatte es kommen sehen.

Alles lief ab wie im Zeitraffer.

Der Aufschrei im Zuschauersaal.

Der dumpfe Knall seines Aufschlags auf dem Bühnenboden.

Die fassungslose Stille ...

Ehe alle zu ihm stürzten – zu Papa auf dem Boden.

Noch immer sind meine Augen wie vor Schreck geweitet, wenn ich an diese verdammte Szene denke. Noch immer zittere ich am ganzen Körper. Noch immer kann ich kaum glauben, was seither passiert ist.

Alle dachten, Papa würde nach diesem Unfall nie wieder laufen können.

Zum Glück hatten sie nicht recht.

Aber alles kam ganz anders.

Wochen später

(Aus dem Drehbuch)

TANZSCHULE / BALLETTSAAL
INNEN - TAG

Im Ballettsaal sitzt Katya unter den Elevinnen auf dem Boden.
Sie ist in Gedanken.

FRAU ROSEBLOOM
(zu den Elevinnen)
All right, Ladies. Wir haben noch drei Wochen.
Ihr habt ab jetzt nichts anderes als Ballett im Kopf.
Trainiert in jeder freien Sekunde. Keine Pause.
Keine Ablenkung. Okay?

Die Elevinnen nicken.

FRAU ROSEBLOOM (CONT'D)
I hope so. See you tomorrow.

Die Mädchen packen ihre Taschen.
Frau Rosebloom kommt zu Katya.

FRAU ROSEBLOOM (CONT'D)
Er kommt heute nach Hause, richtig?

Katya nickt. Frau Rosebloom lächelt warm.

FRAU ROSEBLOOM (CONT'D)
Keine Angst, Katya.
Ihr habt schon ganz andere Dinge gemeinsam geschafft.
Alles wird gut, glaub mir.

Katya lächelt Frau Rosebloom ermutigt an.

FRAU ROSEBLOOM (CONT'D)
Victor kann übrigens sehr stolz auf dich sein.
Du hast noch mal enorme Fortschritte gemacht.
New York ist für dich zum Greifen nah.

KATYA
Danke.

FRAU ROSEBLOOM
Richtest du ihm liebe Grüße aus?

KATYA
Mach' ich, Frau Rosebloom.

Frau Rosebloom nickt und schaut Katya liebevoll hinterher.

BALLETTSCHULE / UMKLEIDE
INNEN - TAG

In der Umkleide steht Katya an ihrem Spind und zieht sich um. Janine setzt sich auf die Bank und seufzt übertrieben.

KATYA

Ja, Janine?

JANINE

(gespielt freundlich)

Nichts. Ich wollte dir nur sagen, wie unglaublich stark du bist.
Erst die Sache mit deiner Mutter vor drei Jahren und jetzt das ...
Hoffentlich kann er bald wieder richtig laufen.

JANINE (CONT'D)

Ich hab' ihn doch noch vor ein paar Tagen tanzen sehen.

Janine schüttelt mit betroffener Miene den Kopf.

JANINE (CONT'D)

Und dann der ganze Druck mit New York. Jeder, der normal ist, müsste doch daran kaputt gehen.

Katya blickt auf. Sie spürt, Janine holt zum Schlag aus.

JANINE (CONT'D)

Aber was soll's? Es stand ja sowieso schon in der Zeitung: Orlows Nachfolgerin wartet in den Startlöchern.

Bei dem Namen ist es doch sowieso egal, wie man tanzt ...

Katya rastet aus.

KATYA

(gereizt)
Halt doch einfach mal deine Klappe.

Katya geht. Janine schaut ihr grinsend hinterher.

DAHEIM

Unsere Wohnung ist schön. Und groß, eine riesige Altbauwohnung mitten in der Stadt. An den hohen Wänden hängen viele Familienfotos. Fotos aus alten Tagen, aus der Zeit eines glücklichen Familienlebens.

Ich wuselte durch die Küche. Seit Papa an diesem Abend nach seinem Sturz auf der Bühne ins Krankenhaus kam, war alles anders und so viel stressiger als sonst. Ich hatte das Gefühl, die Zeit reichte hinten und vorn nicht. So vieles blieb liegen, sogar das Geschirr stapelte sich in der Spüle. Die vollen Einkaufstüten wollte ich wenigstens jetzt gleich schnell wegräumen.

Aber was machte Paul denn da? Er warf alle Decken und Kissen aus der ganzen Wohnung auf einen Haufen.

»Paul, was machst du?«, fragte ich entsetzt.

»Was wohl?«, sagte mein Bruder. »Ich mache mich bereit, damit Papa mit mir fliegen kann.«

»Aber doch nicht jetzt, Paul!«, wies ich ihn zurecht. Wer bitte sollte dieses Durcheinander denn wieder beseitigen?

Da hörte ich den Schlüssel im Schloss.

Paul hörte es auch und rief: »Papa!«

Schon wollte er sich auf den Ankömmling in der Tür stürzen. Nur dass das gar nicht Papa war, sondern eine große robuste unbekannte Frau. Sie war Ende dreißg, vielleicht Anfang vierzig. Cool sagte sie: »Das ist ja eine nette Begrüßung. Du musst Paul sein, richtig?«

Paul suchte Schutz hinter meinem Rücken.

»Und du bist Katya, die Große, hm? Du siehst ja wirklich wie 'ne richtige Ballerina aus.«

Schwungvoll stellte die Frau zwei Koffer in unserer Wohnung ab und sagte: »Achso. Ich bin Frau Nemec – vom ambulanten Pflegedienst. Ich komme jetzt jeden Tag – zumindest so lange, bis euer Vater wieder auf den Beinen ist. Wir wollen's ja nicht übertreiben – nicht wahr?!«

»Wo ist denn Papa?«, fragte Paul.

»Richtig. Da war ja noch was ...«, sagte die Frau Nemec.

Und dann trat sie einen Schritt zur Seite und hinter ihrem Rücken kam unser Papa zum Vorschein, er humpelte durch die Tür.

Er ging an Krücken. Seine Beine waren geschient. Sein Bewegungsablauf war holprig und schwerfällig – deswegen hat es wohl auch eine Weile gedauert, ehe er im Türrahmen auftauchte.

Als Paul ihn sah, warf er sich ihm voller Überschwang an den Hals und rief: »Papa! Da bist du ja endlich.«

»Hey, mein Junge«, sagte Papa. Ich sah sofort, wie er sich bemühte, stark zu wirken, zumindest äußerlich. »Du glaubst gar nicht, wie froh ich bin. Guck mal, ich kann jetzt auf vier Beinen laufen. Ist das nicht super?«

»Hey Papa«, sagte nun auch ich, lief zu ihm und umarmte ihn.

»Hallo, mein Mädchen.« Die Umarmung tat uns beiden gut. Endlich war Papa wieder da. Nach so langer Zeit. Nach so vielen Wochen, wo wir ihn nur im Krankenhaus besuchen konnten.

»Können wir jetzt fliegen?«, fragte Paul.

Paul wieder. Ohne Worte, dachte ich.

Papa sagte: »Vielleicht ein wenig später, ja?«

Frau Nemec zwinkerte mir zu. »Dann wollen wir mal loslegen, was?«, sagte sie. »Wisst ihr, ich bin ein bisschen wie Mary Poppins. Ich komme aus dem Nichts und gehe erst, wenn die Arbeit getan ist.«

Dann schaute sie Paul an und sagte: »Und du, junger Mann, flieg mal voraus. Ich hab eure schöne Wohnung noch gar nicht gesehen.«

Paul schien die Art von der Frau Nemec zu gefallen, jedenfalls lächelte er sie an und führte sie in die Küche.

Ich blickte besorgt ins Wohnzimmer, wo Papa sich langsam und sehr vorsichtig in den Sessel setzte. Ich ging zu ihm, schaute ihm in die Augen. Sein Blick war leer. Als er mich sah, lächelte er.

»Na, war alles halbwegs okay?«, fragte er mich.

»Klar«, sagte ich. »Romy hat sich super um alles gekümmert. Sie hat sogar 'nen Trick gefunden, wie man Paul ins Bett bekommt.«

»Ach wirklich? Na, den muss sie mir mal verraten«, sagte Papa und schaute dann mit ausdruckslosem Blick auf den Boden.

»Das bleibt wohl eher ihr Geheimnis«, meinte ich. Dann schwiegen wir. Ich sagte nichts. Er sagte nichts. Eine gefühlte Ewigkeit.

Dann sagte ich, um ihn ein wenig aufzumuntern: »Ich soll dir ganz liebe Grüße von Frau Rosebloom ausrichten. Sie hofft, dass es dir bald wieder besser geht.«

Papa nickte nur.

»Sie meint übrigens«, schob ich schnell hinterher, »dass ich das mit New York ganz sicher packe.«

Ich hatte gespürt, wie Papa litt und dass er »im freien Fall« war. Ich wollte ihn aufmuntern. Vielleicht gelang mir das sogar, aber es schnürrte mir trotzdem die Kehle zu. Ich hatte das Gefühl, kaum noch Luft zu bekommen, so sehr tat er mir leid. Und ich merkte, wie der Druck auch auf mich wuchs. Mehr noch als je zuvor.

Papas Blick hellte sich aber dann doch etwas auf. Er schaute mich an und nach einer kleinen Pause sagt er: »Klar, wir Orlows lassen uns nicht unterkriegen.«

Dann nahm er meine Hand, lächelte mich sogar an und meinte: »Es wird alles gut, versprochen.«

Ich gab Papa einen Kuss auf die Wange, verließ das Wohnzimmer und setzte mich ins Esszimmer.

Von dort schaute ich noch eine Weile durch die offene Tür zu Papa. Er hörte wohl nicht, wie tief und schwer ich atmete. Ich wusste, es ging ihm überhaupt nicht gut. Und ich spürte die Last, die jetzt auf mir lag – auf einer Orlow.

Aus der Küche kam Frau Nemec und fragte mich: »Na, Hausaufgaben schon gemacht?«

Ich schaute sie an. Und nickte.

»Sehr gut«, sagte Frau Nemec. »Wenn Vinzenz tropft, gibt's volle Keller.«

Sie bemerkte meinen fragenden Blick und machte mit einfachen Worten klar, was sie meinte: »Na, wer nicht rastet, der rostet nicht. Das hat meine Oma immer gesagt. Und die musste es wissen. Die war schließlich Ungarin.«

Jetzt musste auch ich über den Spruch schmunzeln.

Frau Nemec schob die Tür zum Wohnzimmer ganz auf, ging zu Papa und sagte in ihrem unnachahmlich fordernden Tonfall: »So, Herr Orlow. Jetzt wollen wir mal mit unserem kleinen Sportprogramm beginnen, richtig? Sind sie so weit?«

»Wenn's sein muss.« Papas Lust schien überschaubar.

»Na prima«, sagte Frau Nemec. »Sie kennen den Spruch mit Vinzenz ...?«

Dann half sie Papa beim Aufstehen. Puh, das sah mühevoll aus. Und es schien schmerzhaft zu sein, so sehr verzog Papa sein Gesicht.

Ich konnte das nicht ertragen. Ich wollte raus hier, einfach nur raus.

Und genau das machte ich auch. Hier brauchte mich grad niemand. Paul spielte, Papa und Frau Nemec waren mit den Übungen beschäftigt. Und essen konnte ich auch später irgendwann am Abend.

KETTENRISS

Draußen schwang ich mich auf mein Rad, ich trat in die Pedalen und radelte wie eine Verrückte durch die Straßen. Ich kam mir vor wie auf der Flucht. Aber es war befreiend. Ich bekam wieder Luft, frische sogar. Da war es wieder, das Gefühl von Freiheit. Es war schon dunkel geworden. Die Lichter der Autos und der Häuser, die der Ampeln und Laternen schossen an mir vorbei, ich nahm sie kaum wahr. Zum Glück war wenig Verkehr. Zum Glück.

Plötzlich machte es unter mir *›Zack‹*, *›Krach‹*, *›Bäng‹* …

Mist, das war die Kette von meinem Fahrrad. Das Rad geriet sofort ins Schlingern. Dann blockierte es. Beinah wär ich über den Lenker gegangen. Oh mein Gott, nicht noch eine Verletzte. Ein kranker Orlow reichte, dachte ich.

Im letzten Moment bekam ich Boden unter die Füße und konnte den Sturz gerade noch verhindern.

Aber die Kette war ab. Die kriegte ich nie wieder auf die Zahnung. Sie hing nicht nur runter. Sie war gerissen. ›Fuck‹, dachte ich und fluchte: »Verdammte Scheiße.«

Ich schmiss mein Rad um und hockte mich auf dem Bürgersteig. Alles ging schief, dachte ich. Das war's dann auch wieder mit dem bisschen Freiheit für mich. Mir kamen die Tränen.

Da hörte ich eine Stimme neben mir. »Hey, Sweetie, bist du okay? Alles in Ordnung? … Hey!«

Nix war in Ordnung, dachte ich und sagte: »Mein Fahrrad ist kaputt.« Dann erst hob ich meinen Kopf.

»Ach komm. Das ist doch sicher halb so wild, oder?«, versuchte mich die junge Frau mit den Locken neben mir zu beruhigen. Sie war vielleicht Ende zwanzig, sah super sportlich aus in ihren knallengen Leggings, mit Sneakern und einer glitzernden Fliegerjacke. Und sie lächelte mich an.

Auf der anderen Straßenseite liefen ein paar Jungs, sie schienen die Frau zu kennen. Einer von denen winkte und rief: »Ey Feli! Was'n los? Bist du festgewachsen oder was? Komm endlich.«

Feli aber schrie rüber, dass alles in Ordnung sei. Und zu mir sagte sie: »Karim soll sich das mal angucken.«

»Karim?«, fragte ich verwundert. »Ist das 'n Fahrradfreak?«

»Ist unser DJ«, sagte Feli. »Der kriegt das easy wieder hin.«

Ich schaute diese Feli misstrauisch an.

»Das Fahrrad«, sagte sie, lachte und reichte mir die Hand. »Na los. Wir beißen nicht.«

Dann rief sie die beiden Jungs auf der anderen Straßenseite zu sich und bat sie, mein Fahrrad zu schieben. Voll nett, fand ich.

»Ich bin übrigens Feli.«

»Katya«, sagte ich und lächelte. Dankbar für diese Hilfe.

Hinter uns schoben die beiden Jungs mein Fahrrad mit der gerissenen Kette.

Wir liefen nur eine paar Straßen, dann waren wir da – im BATTLELAND ...

Welcome im BATTLELAND

(Aus dem Drehbuch)

BATTLELAND / LASTENAUFZUG
INNEN - NACHT

Katya, Feli und die anderen stehen in einem Fabriklastenaufzug.
Jo und Pepper beginnen, sich tänzerisch in dem engen Raum zu battlen.

FELI
Jungs. Nun mal halblang. Wir haben 'nen Gast.

Mit geschmeidigen Turfing-Bewegungen sucht Pepper den Raum ab.
Dann ›spottet‹ er Katya.

PEPPER
Eher 'n abgestürztes Stargirl, würd' ich sagen?
(zu Katya)
Madame, darf isch bitten?

Pepper versucht sich im französischen Akzent und einer übertriebenen Ballettpose.

JO
'n Stargirl?

PEPPER
Alter. 'n Sternenmädchen. Sieht man doch?

Jo schaut Pepper an, als sei dieser völlig durchgedreht.

PEPPER (CONT'D)
Mann, check's. Die ist durch den Space geflippt und hier direkt reingecrasht.

Katya schaut an sich herunter.
Jo spielt auf ihre perfekte Ballettfrisur und die Kleidung an, die sich deutlich von den Klamotten der anderen unterscheidet.

JO
Per Bike, oder was?

PEPPER
(auf das Fahrrad deutend)
Sieht das aus wie ein Raumschiff, oder was?

JO
Alter. Dir ist 'n Raumschiff durchs Hirn geflogen.

Jo und Pepper beginnen sich wie zwei Brüder zu kabbeln.

FELI
(zu Katya)
Nimm die nicht ernst. Da sind Jo und Pepper aka ›Die Unzertrennlichen‹. Die sind einfach so.

Feli macht Katya auf den Ölfleck in ihrem Gesicht aufmerksam.
Katya wischt diesen weg und muss grinsen.

PEPPER

Na und? Jetzt lacht 'se wieder.

Die Türen des Aufzugs öffnen sich.
Laute Beats dröhnen ihnen entgegen.

JO

Welcome to BATTLELAND.

POWERMOVES

Wir verließen den Lastenaufzug. Wow. Was war denn hier los?

Bunte Lichter blitzten überall. Laute Musik. In der großen Werkhalle dieser alten Fabriketage herrschte wuseliges und buntes Treiben. Alles schien hier in Bewegung. Die ganzen Leute feierten wild. Es sah verdammt nach einer großen Party aus.

Feli sah meinen fragenden Blick und klärte mich auf: »Unsere After Hour. Nicht schlecht, was? Komm mit. Ich besprech das kurz mit dem Rad.«

Sie lief vor zum DJ-Pult. Dahinter stand ein Junge in Tanktop und Bucket Hut, der den anderen mit seinen Beats so richtig einheizte. Die Leute machten unglaubliche Bewegungen. Diese Tänzer gaben alles.

Powermoves.

Krasse Drehungen.

Halsbrecherische Flips.

Es sah aus, als prallten hier die Naturgewalten ungebremst aufeinander. Break- und Streetdancer tanzten durcheinander. So etwas hatte ich noch nie gesehen.

Mein Blick blieb an einem Jungen mit Kopfhörern in Oversize Pants hängen. Der stand ein wenig abseits vom Trubel, hörte offenbar seine eigene Musik und tanzte dazu. Und das großartig, wie ich fand. Jetzt schaute er kurz zu mir rüber. Unsere Blicke kreuzten sich für eine Millisekunde. Alles ging so schnell hier. Alles war wild, dynamisch, elektrisierend.

Plötzlich wechselte die Musik und die ganzen Leute strömten jubelnd und gestikulierend auf die Tanzfläche.

Was passierte denn jetzt? Gruppenchoreo? Ich hatte keine Ahnung.

Die laute Musik dröhnte, die bunten Lichter blitzten, der Beat wummerte. Alles war absolut faszinierend. Überwältigend.

Mein Herz schlug heftig.

Das hier war also BATTLELAND.

Irre.

Zu Hause wartete der kranke Papa, dachte ich, aber der musste noch warten. Ich konnte mich kaum sattsehen an diesem Tanzstil, so krass und voller Ekstase war das. Ungezwungene Bewegungen voller Freiheit und Improvisation, wie ich fand.

Später, es war schon Nacht, lief ich ohne Fahrrad durch die Straßen zurück nach Hause. Der laute Hip-Hop und die Breakbeats hallten noch immer in meinem Kopf. Sie wummerten kraftvoll nach. Und die Bilder, alles, was ich gesehen hatte, ging mir nicht mehr aus dem Kopf.

An der U-Bahnstation blieb ich stehen und schaute auf eine beleuchtete Videowall. Dort prangte und flimmerte das Bild der atemberaubenden Skyline New Yorks. Die Stadt der Ballet Academy verfolgte mich offenbar auch an diesem Abend.

SPIELUHR

Zu Hause öffnete ich leise die Tür. Laute Musik drang aus dem Wohnzimmer. Klassik hörte Papa am liebsten. Das Stück, das da lief, war »Giselle«, das romantische Ballett nach einem Libretto von Théophile Gautier mochte er besonders gern.

Ich stahl mich direkt in mein Zimmer, das eher einem Trainingsraum glich. Genau deshalb brachte ich auch nie Freundinnen mit. Vor dem Spiegel war eine Ballettstange angebracht. Der Boden war glatt, kein Teppich, damit ich mühelos auf ihm tanzen konnte.

Heute hatte ich genug Tanz gesehen. Ich ließ meinen Blick durch den Raum schweifen, betrachtete das Poster dieser großartigen Ballerina, ging schnurstracks zu meinem Bett und schmiss mich drauf.

Schlafen. Sonst nichts, dachte ich. Ja, schlafen.

Was war das? Neben mir unter der Decke bewegte sich etwas. Ich erschrak und schaltete das Licht ein. Das war Paul. Völlig verschlafen streckte er seinen Kopf unter der Decke hervor und meinte: »Da bist du ja. Ich dachte schon, du kommst nie wieder!«

»Paul ...«, sagte ich. »Was machst du denn hier? Hast du wieder von Mama geträumt?«

Paul schüttelte den Kopf. Offenbar wollte er nicht reden.

»Hey, Paul«, sagte ich. »Was ist los?«

Paul holte tief Luft und sagte leise: »Ich hab' Angst.«

»Angst? Aber wovor hast du denn Angst?«, fragte ich.

»Vor Papa«, stammelte es aus ihm heraus.

»Was?«, sagte ich erstaunt. »Aber vor Papa musst du doch keine Angst haben.«

»Wohl«, sagte mein Bruder: »Der ist so komisch, seit er wieder hier ist.« Ich verstand, was Paul meinte, und versuchte, seine Sorgen zu zerstreuen, indem ich ihm die Situation erklärte und wie Papa sich fühlte.

»Aber, nein. Papa ist gerade nur ... sehr traurig. Wegen der Verletzung, weißt du? Wir beide müssen jetzt einfach ganz doll lieb zu ihm sein.«

»Schon wieder?«, fragte Paul. »Für wie lange denn?«

Ich lächelte und spürte, wie sehr ich meinen Bruder liebte.

Was sollte ich darauf sagen? Ich wusste es nicht. Ich drehte mich um und nahm die Spieluhr auf dem Nachttisch. Sie hatte eine Gravur auf dem Sockel, die mir immer Mut machte, wenn es mir nicht so gut ging. »Haltet zusammen, Mama«, stand da.

Also zog ich die Uhr auf, sodass sich die Tänzerin auf ihr drehte, und sagte zu Paul: »Denk immer an das, was Mama gesagt hat. Dann wird alles wieder gut. Ganz sicher.«

So ganz schien Paul von dieser Idee nicht überzeugt zu sein, denn er meinte bloß: »Aha!« und fragte dann: »Darf ich trotzdem bei dir schlafen?«

»Klaro«, sagte ich und nickte. Erleichtert gab Paul mir ein Küsschen, bevor er sich gleich wieder unter der Decke verkroch.

»Aber nicht wieder schnarchen, ja!«, sagte er noch, dann drehte er sich rum und würde wahrscheinlich sofort wieder einschlafen.

Ich musste lachen und sagte: »Okay! Ich schwör's.«

Schlecht kam ich mit meinem kleinen Bruder wirklich nicht zurecht, fand ich.

BALLETTKOSTÜM

Als ich am Morgen im Bad vor dem Spiegel stand und mir meinen Dutt mit geschätzt 37 Nadeln steckte – ganz nach Schulvorschrift – hörte ich Papa plötzlich meinen Namen rufen. »Katya!«

Ich zuckte zusammen und stürmte hinaus. Die Stimme kam aus dem Wohnzimmer. Dort saß Papa und schaute auf den Fernseher. Er hatte *DAS* Ballett-Video eingelegt.

Oh mein Gott, dachte ich.

Die Ballerina tanzte grazil und federleicht. Ich kannte das Ballett. Papa bat mich, neben ihm Platz zu nehmen.

»Schau mal«, sagte er. »Als sie so alt war wie du, hat sie auch ...«

» ... Dornröschen getanzt«, fiel ich ihm ins Wort. »Ich weiß.«

Ich hatte das Video mit Marie, unserer Mutter, die so früh schon gestorben ist, wohl bereits drei Dutzend Mal gesehen. Und fast immer mit Tränen in den Augen.

»Siehst du, welch klare Linie ihr Rücken mit dem Arm bildet!«, sagte Papa. »Alles, was sie gemacht hat, war perfekt. Daneben bin ich mir oft wie ein Holzklotz vorgekommen.«

Ich lächelte, als Papa mich anschaute. Dann sagte er: »Ich habe gestern Abend viel nachgedacht. Ich denke, es ist an der Zeit, das Vergangene hinter sich zu lassen.«

Er machte eine Pause. Holte kurz Luft. Und setzte dann fort: »Es gibt so viel Gutes, was auf uns wartet.«

Dann holte er eine große Schachtel neben dem Sessel hervor und reichte sie mir.

»Mach ruhig auf.«

Unter dem Seidenpapier lag das wunderschöne Ballettkostüm von Mama.

»Papa!«, rief ich halb erstaunt, halb entsetzt.

»Sie hat sich so gewünscht, dass du es irgendwann bekommst«, sagte er. Dann umarmte er mich. Und ich ihn. Wir hatten so viel durchgemacht gemeinsam in den Jahren seit Mamas Tod. Und wir haben es geschafft, den Schmerz zu ertragen, das Leben zu meistern. Ohne sie. Das hatte uns zusammengeschweißt. Wir wussten es.

»Sie wäre heute so unglaublich stolz auf dich«, sagte Papa. Und ich spürte, dass er damit sagen wollte, auch er ist heute unglaublich stolz auf mich.

Da tauchte Paul plötzlich ganz verschlafen in der Tür auf.

»Hä, was macht ihr da? Is' was?«, fragte er.

Nö, dachte ich und schaute Papa an. Und wir mussten lachen.

»Nee. Alles gut«, sagte Papa.

Paul zögerte, er wusste nicht, was er davon halten sollte.

»Nun komm schon her«, sagte Papa. Sofort stürmte Paul auf uns zu. Und Papa kitzelte Paul durch.

Der juchzte vor Vergnügen und war auf einen Schlag richtig wach.

Unterdessen war auch Frau Nemec in die Wohnung gekommen. Sie sah uns und ließ gleich einen ihrer Sprüche ab: »Na, so was höre ich aber gerne. Wie hat meine Oma immer gesagt? Der Blitz trifft die Brennnessel nicht. Nicht wahr?«

Keiner von uns verstand, was sie damit sagen wollte.

Doch das war ihr egal, resolut sagte sie: »Packen wir's an!«

»Aye, aye!«, riefen wir alle quietschvergnügt im Chor.

IRGENDETWAS

Als wir beim Ballettunterricht technische Übungen an der Stange vor dem Spiegel absolvierten, schritt Frau Rosebloom die Reihe mit strengem Blick ab. Janine neben mir korrigierte sie: »Das Bein ein bisschen höher.«

Bei mir blieb sie stehen. Anstatt irgendwas in Worten zu korrigieren, machte sie nur eine wunderbar leichte Armbewegung. Ich verstand, was sie meinte, und lächelte. Frau Rosebloom lächelte auch.

»Alles ist in Ordnung zu Hause?«, fragte sie.

Ich nickte nur, wollte mich nicht aus dem Konzept bringen lassen.

»Schön«, sagte sie. »Aber da ist noch irgendwas anderes, oder?«

Die Lehrerin schien mir tief in die Seele blicken zu können.

Ich brach meine Übung ab und schüttelte den Kopf.

Frau Rosebloom lächelte künstlich.

»Na ja, vielleicht nicht wichtig. Aber irgendetwas strahlt heute in dir besonders. Bravo«, meinte sie, nickte und schritt weiter zur nächsten Elevin. Auch bei der blieb sie stehen und tippte ihr einen Augenblick später mit kaltem Blick auf die Schulter.

Die wusste, was die Stunde geschlagen hatte, es war ihr »Todesurteil«. Das Mädchen fiel in sich zusammen und lief tränenüberströmt aus dem Saal in die Umkleide.

SPIELPLATZ

Später in der U-Bahn suchte ich im Handy nach guter Musik. Cooler Hip-Hop hätte mir in dem Moment richtig gutgetan. Mit den Kopfhörern auf dem Kopf schaute ich aus dem Fenster. Ich sah die Hochbrücke und das große Hafengelände. Ich war nachdenklich. Ich fühlte mich unter Druck. Ich musste eine Entscheidung treffen. Das spürte ich, ohne genau zu wissen, welche.

Als sich die Aufzugtüren im BATTLELAND öffneten, war ich irritiert. Nichts schien hier wie beim ersten Mal. Von Partyatmosphäre war heute keine Spur. Die große Halle war leer. Hier und da saßen ein paar Leute rum und redeten miteinander oder chillten einfach nur. Aus einer Tür kam leise Musik, ich lief hin. Es war ein Büro, dort saß Felis vor einem Monitor.

»Hey«, sagte sie. »Da bist du ja wieder. Ich hab' dich gestern in dem ganzen Trubel gar nicht mehr gefunden. Alles okay?«

»Klar«, sagte ich.

»Und ich dachte schon, wir hätten dich verschreckt«, sagte Feli.

»Ach was. Wo ist mein Rad?«, erkundigte ich mich.

»Ach so. Na klar. Komm mit«, sagte Feli und lächelte mich an.

Wir liefen gemeinsam durch die Gänge des riesigen BATTLELANDs. Das Gebäude erschien mir endlos. Und dann sah ich, dass überall in den Gängen und Nebenräumen Tänzer trainierten, jeder machte seine Moves für sich, manche zu zweit. Einige streckten sich, andere tanzten drei, vier Schritte. Irgendwann sah ich auch diesen coolen Jungen wieder, der mir gestern schon aufgefallen war. Kurz trafen sich unsere Blicke. Er war voll beim Training.

Ich legte einen Schritt zu, um Feli nicht zu verlieren. Mein Fahrrad holte sie dann aus einer Abstellkammer und sagte: »Hey, pass nur ein bisschen beim Bremsen auf. Die hat Karim auch etwas nachgezogen.«

Irgendwie interessierte mich das im Moment grad gar nicht.

»Was ist das hier eigentlich alles?«, fragte ich.

»Das BATTLELAND?«, sagte Feli. »Schwer zu sagen, auf jeden Fall der perfekte Ort zum Tanzen und Abhängen. Wir haben hier B-Boys, Hip-Hopper. 'ne ganze Menge Lost Boys – und Girls natürlich.«

»Lost Girls?«, fragte ich.

»Klar!«, sagte Feli, ohne wirklich auf meine Frage zu antworten. »Das BATTLELAND kommt mir manchmal wie ein großer Spielplatz vor. Egal für wen, egal woher oder wie alt. Egal wann oder für wie lange.« Feli lächelte. Und fragte dann: »Musst du heute wieder so früh los? Ich gebe gleich eine Class. Tanz doch einfach mal mit.«

Ich zögerte, das waren alles Hip-Hopper, dachte ich, und ich war eine Ballerina – irgendwie aber sagte ich trotzdem: »Klar.«

Und so liefen wir in die untere Ebene des BATTLELANDs.

Feli klatschte kurz in die Hände und stellte mich den anderen einfach vor: »Hey Leute. Darf ich vorstellen? Das ist Katya.«

Die grüßten mich, als würde ich schon seit Ewigkeiten dazugehören. Cool war das. Und ungewohnt. Weiter darüber nachdenken konnte ich nicht, denn Feli sagte zu mir: »Such dir gern einen Platz.«

Ich nickte. Mir war überhaupt nicht klar, was hier jetzt gleich passieren sollte.

Feli schaltete die Musik an und sagte laut in den Hip-Hop-Sound: »Okay, und wir fangen gleich an.«

Alle klatschten wie auf Kommando, und wie auf Kommando – oder war es Feli, die das Kommando gegeben hatte? – begannen alle zu tanzen.

Ich versuchte, in den Takt zu kommen, den Move anzunehmen, beim Rhythmus und den Bewegungen mitzuhalten. Aber das Tempo war einfach zu schnell für mich. Gar nicht so einfach. Die Bewegungen der Hip-Hopper waren brutal schnell.

Five ...

Six ...

Seven ...

Eight ...

Alle tanzten mit einer Power, als wären sie mit der Erde verhaftet, die Füße auf dem Boden und trotzdem voller Leichtigkeit.

»Come on, Katya«, rief Feli. »Turn it up!«

Okay, dachte ich. Jetzt musste ich lachen. Ich würde es Feli und den anderen zeigen – immerhin war ich auch eine Tänzerin, und diese Steps konnten doch nicht so schwer sein.

Mein Ehrgeiz war geweckt.

Langsam kam ich rein.

Und ich hatte Spaß.

Doch plötzlich wechselte der Beat von einem Moment auf den anderen, was eben schon schnell war – jedenfalls schien es mir so –

war nun plötzlich langsam. Jetzt ging es in die Vollen. Wie machten die das?, fragte ich mich und fühlte mich hoffnungslos verloren.

Aber ich kapierte, dass sich die Schrittfolgen wiederholten. Ich versuchte, sie zu meistern, versuchte mitzukommen und hatte das Gefühl, die Abfolgen besser zu verstehen. Gut, meine Schritte waren jetzt nicht perfekt – aber für den Anfang okay. Der Beat und der Move rissen mich mit, zogen mich hinein in etwas ganz Neues.

Das spürte ich.

(Aus dem Drehbuch)

BATTLELAND / TANZSAAL
INNEN - TAG

An der Seitenlinie stehen Jo und Pepper und werden Zeugen von Katyas Verwandlung.
Auch Marlon beobachtet, wie die rasanten Moves unglaubliche Energie in dem neuen Mädchen freisetzen.
Katyas Dutt löst sich, ihre Haare wirbeln umher.
Die boxartigen Moves scheinen förmlich aus ihr heraus zu explodieren.

Als der Musiktrack endet, kleben Katya nasse Strähnen im Gesicht.
Sie ist völlig außer Atem.
Die geröteten Wangen glänzen vor Aufregung.
Katya strahlt vor Energie, kann selbst kaum fassen,
was ihr gerade passiert ist.

Feli und die anderen Streetdancer kommen begeistert auf sie zu.
Katya lacht auf, als sie einen nach dem anderen abschlägt.
Ein großartiges, euphorisierendes Gefühl.

BATTLELAND/ GANG
INNEN - TAG

Auf dem Weg zum Aufzug kommen Jo und Pepper auf Katya zugestürmt und folgen ihr.

PEPPER

Stargirl! Voll verarscht, or what? Gestern der krasse Abflug, und jetzt zündest du hier den Turbo.

JO

Hättest ja gleich sagen können, dass du ein Transformer bist.

PEPPER

Transformer? Sieht sie etwa wie 'n Auto aus?

JO

Mann, Das ist 'ne Metapher.

PEPPER

Metaph...? Was? Du bist hier so 'n Metaphdings.

Katya grinst und lässt die beiden Streithähne zurück.
Als sich der Aufzug öffnet, schiebt Katya ihr Fahrrad hinein und bindet sich den Zopf. Kurz bevor sich die Türen geschlossen haben, quetscht sich Marlon mit in den Lift.

ANDERES

Da stand er. Mit mir im Fahrstuhl. Der Kerl mit dem Kopfhörer, aus denen laute Musik klang.

Er sagte: »Hey.«

Ich antwortete: »Hi.«

In der kurzen Pause, die entstand, nahm Marlon die Kopfhörer ab.

»Hab' dich gerade tanzen sehen«, sagte er.

»Na ja, es war mein erstes Mal«, sagte ich ein wenig entschuldigend.

»Jo«, sagt er. »War nicht zu übersehen.«

Päng. Das saß.

»Zeigst du mir das noch mal?«, fragte er.

»Was?«, wollte ich wissen. Ich hatte keine Ahnung, was er meinte.

»Na, wie du tanzt«, sagte Marlon.

Ich war irritiert und schaute ihn auch genau so an.

»Hier drin?«, wollte ich wissen.

Er sagte nichts. Aber er meinte: ›Ja.‹

»Okaaaaay«, sagte ich und legte meine Tasche ab. Dann holte ich kurz Luft und begann, ein paar Schritte zu tanzen. Doch kaum hatte ich begonnen, unterbrach er mich.

»Ne, nicht das. Das *Andere*!«, sagte er.

»Welches ›Andere‹?«, fragte ich.

»Na, das Andere halt. So wie du eben getanzt hast.«

»Hä?« Was meinte er? Ich hatte keine Ahnung, was er von mir wollte. »Aber das ist doch genauso wie eben!«, sagte ich.

Marlon stockte und sagte: »Achso, okay.«

Und dann meinte er nur: »Na dann.«

Er setzte seine Kopfhörer wieder auf die Ohren und ließ mich stehen.

Jetzt war ich erst recht irritiert und dachte: Was für ein Problem hat der denn?

TRIGGER

Zuhause saßen Paul und Papa am Küchentisch. Frau Nemec stand am Herd und kochte. Ich sagte nur kurz »Hallo«, setzte mich dazu und war doch komplett in Gedanken woanders. Im BATTLELAND.

Paul redete irgendwas, es schien ihm furchtbar wichtig, ich hörte nur Wortfetzen, die er Papa mitteilte: »... heute war ein Neuer im Hort ... Tim heißt der ... ob er Fußball spielen will ... ne, ... dass er nur Schach spielt ... Da kommen Pferde und Türme ... von links und rechts .... stürmen alle auf so 'n König zu ... wie Fußball ... nur auf 'nem viel kleineren Feld ... dann gibt es noch Rochade ... «

Seine Sätze flogen an meinen Ohren vorbei.

Mit einem Mal, ich wusste selbst nicht, wie mir geschah, sprang ich wie von der Tarantel gestochen auf und sagte fast automatisch: »Ich ... ich muss noch was vorbereiten ... für Frau Rosebloom ... äh, für morgen.«

Das stimmte zwar nicht, aber ich wollte an meinen Laptop. Papa fragte nur verdutzt: »Alles in Ordnung?«

»Äh, ja«, sagte ich und nickte. Papa widersprach nicht, und ich verschwand in meinem Zimmer.

Dort nahm ich meinen Laptop, legte ihn auf meine Beine, klappte ihn auf, suchte Hip-Hop-Tutorials und klickte mich durch.

»Today we work on three moves, three basics, moves of your beginner …«

Klick.

»Hey Guys and Girls, I'm D. Franklin from down under. Welcome back to my channel. I love to dance and I'll love to show …«

Klick.

Dann fand ich das Video der »Sonic Tigers«. Das wollte ich sehen.

Klick.

Laute Musik dröhnte urplötzlich aus den Boxen. Erschrocken klappte ich den Laptop zu. Puh. Hoffentlich hatte das niemand gehört … Ich hielt die Luft an.

Doch wenig später klopfte es an der Tür. Papa kam rein.

»Hey, Große. Alles gut?«, fragte er.

»Ja klar. Wieso?«, sagte ich.

»Nur so«, meinte Papa und setzte sich auf die Bettkante. »Ich wollte mal schauen, wie's so läuft. Kommst du voran?«

Ich nickte.

»Du weißt«, sagte er, »wenn ich dir irgendwie helfen kann …«

Ich nickte wieder und meinte: »Aber noch nicht jetzt.«

Ich glaubte, Papa merkte, dass ich nicht groß reden mochte. Aber er überspielte seine Enttäuschung mit einem charmanten und liebevollen Lächeln.

Deshalb sagte ich: »Ich meine, ich brauche noch ein bisschen.«

»Okay«, sagte Papa. »Ich geh ja schon wieder.«

Er stand auf und humpelte mit seinen Krücken wieder zur Tür. Dann drehte er sich noch mal um und sagte: »Und wenn du nachher was essen willst, dann sag Bescheid. Dann guck' ich mal, was ich dir so zaubern kann. Okay?«

Er zwinkerte mit den Augen und schob noch hinterher: »Du darfst es nur nicht Frau Nemec sagen … Paprikareis vielleicht?«

Ehe er das Zimmer ganz verließ, drehte er sich noch mal um und meinte: »Vielleicht zeigst du mir ja bald mal, woran du arbeitest. Ich meine, so wie früher.« Dann ging er raus.

»Mach' ich«, sagte ich und öffnete in dem Moment, als er draußen war, meinen Laptop wieder.

Dieser Auftritt der »Sonic Tigers« war genial, atemberaubend, magisch – und das auch ohne Ton.

ABGRUND

Am nächsten Tag im BATTLELAND habe ich ihn gleich entdeckt. Er trainierte vor den Fenstern. Wie immer kam die Musik aus seinen Kopfhörern. Provokant stellte ich mich vor ihm hin. Verwundert nahm er seine Kopfhörer ab, als er mich sah. Doch ehe er etwas sagen konnte, legte ich los, begann wie aus dem Nichts Schritte aus dem »Tigers«-Video zu tanzen. Ohne Musik. Aber perfekt. Fand ich. Und auf den Punkt.

Energisch und leicht außer Puste um Luft ringend fragte ich: »Anders genug?«

»Wow, du hast es echt drauf, was?«, sagte Marlon. Wollte er mich verarschen? Ich verzog keine Miene. »Wagst dich immer gleich an die ganz Großen, oder was? Mann, das sind die Schritte von *Lil Ed* und *KC Rock* …«, meinte er.

Ich verstand nur Bahnhof und fragte erstaunt: »Was?«

»Von den ›Sonic Tigers‹«, schob Marlon nach. »Das ist die beste Streetdance Crew der Welt.«

Ah, denke ich, das war's doch, was ich wollte. Aber was wollte mir Marlon damit sagen?

»›Crazy Spin‹, ›Reckless Fly‹. Ey, die Choreo gehört denen, das sind DEREN Moves. DIE haben die erfunden. Was du da machst, ist ›biting‹.«

Wieder schaute ich ihn fragend an.

»Nachtanzen!«, sagte er, schüttelte den Kopf und drehte sich zum Fenster.

»Hä?«, fragte ich, als ob Marlon die Fragezeichen auf meiner Stirn nicht längst wahrgenommen hätte.

Er wandte sich mir wieder zu, verdrehte seine Augen, griff sich seine Jacke und sagte: »Komm!«

Im Handumdrehen war er an der Tür, drehte sich wieder um zu mir und fragte: »Was ist? Willst du da ewig rumstehen, oder was?«

Ich folgte ihm durch einen langen leeren Gang, dann die steile Eisentreppe hoch. Wie im Labyrinth war das. Oben angekommen stieß Marlon eine schwere Eisentür auf.

Da waren wir – auf dem Dach des BATTLELANDs.

Die Aussicht von hier oben war atemberaubend. Hier kreischten Möwen, die Kräne des Hafens waren zu sehen, die Großstadt lag einem wahrhaftig zu Füßen.

Marlon ging zum Rand des Daches und winkte mir zu.

Sollt ich ihm folgen? Ich war nicht sicher. Es war hoch. Kein Geländer. Nirgends.

»Ey, was ist los?«, rief Marlon. »Höhenangst, oder was?«

Ich ging in seine Richtung, langsam, Schritt für Schritt – merkte aber bei jedem Schritt, wie unsicher ich war. Ich wollte nicht ängstlich wirken. Stellte mich tapfer neben ihn. Direkt an die Kante des Daches. Dann blickte ich runter, über die Häuserkante in den Abgrund. Mir wurde schwummrig.

»Merkst du das?«, fragte Marlon und machte eine Pause. »Das ist Tanzen! Es ist wie … wie … Strom, der in deinem Bauch entsteht und durch deinen ganzen Körper rauscht. Reine Energie. Und die explodiert dann aus dir heraus. Checkst Du's? Nein? Pass auf …«

Was hatte er vor?

Er stieg direkt auf die Hauskante, balancierte am Abgrund. Und auf mich zu. Marlon!

Marlon war verrückt.

Was für ein krasser Move.

Dann gab er mir ein Zeichen.

Was? Jetzt sollte ich? Nie im Leben. Hier? Hier oben? Ich? Auf der Dachkante balancieren? Aber er ließ nicht locker. »Nun, leg los«, forderte er mich auf. »Na komm, mach!«

Ich wollte das nicht. Ich war doch nicht lebensmüde.

»Seid ihr Typen eigentlich alle so eingebildet mit eurem blöden Streetdings...getue, oder was?«, giftete ich ihn sauer an.

»Was denn?«, fragte Marlon und grinste mir ins Gesicht. »Du wolltest es doch wissen, oder nicht?

Ich hatte genug von den Spielchen. Ich schüttelte den Kopf, drehte mich um und ging. Sollte er doch seinen albernen Scheiß hier oben alleine machen.

»Ey, war klar? Yo. Coole Moves fürs Netz kannst du dir woanders holen. Hier ist nur Platz für richtige Tänzer«, rief er mir hinterher.

Richtige Tänzer. Das hat er jetzt nicht wirklich gesagt, oder? Was war los mit dem? In mir kochte es. So einfach ließ ich mich nicht abstempeln.

Gut, dachte ich, wenn er es so wollte. An mir sollte es nicht liegen ...

Auf dem Absatz machte ich kehrt, ging zurück zu ihm und baute mich vor ihm auf. Direkt vor seiner Nase begann ich wie wild rumzufuchteln. Das mochte vielleicht blöd aussehen. Aber das war mir in diesem Moment egal. Ich war so geladen. Wie elektrisiert.

Der mit seinem Streetdance – wenn er Streetdance on Fire auf dem Dach haben wollte, dachte ich, bitte, konnte er haben.

»Ist das etwa Tanzen?«, fragte ich. »Meinst du das?«

»Na endlich. Geht doch!«, sagte der Vollpfosten.

»Sag mal, tickst du eigentlich noch richtig?«, fragte ich.

»Ey, was denn?«, entgegnete er. Und schien nicht überrascht zu sein. »Mann, die Leute rasten doch nicht aus, weil du dreißig perfekte Moves machen kannst, die du von irgendwem klaust. Verstehst du das nicht? Nachtanzen kann jeder ... Es geht doch darum, was du daraus machst. Um dein Ding, ey. Checkst du's denn nicht? Du musst deinen Style durchziehen. Ich mein's ernst.«

Wumms. Das saß.

Offenbar hatte Marlon bemerkt, dass ich wie ein Auto guckte. Ich meinte sogar, ein kleines Lächeln huschte über sein Gesicht, als er sagte: »Und glaub mir. Bei *El Kid* hat das am Anfang bestimmt auch kacke ausgesehen.«

Jetzt huschte auch mir ein Lächeln übers Gesicht.

Die Eisentreppe runter und durch den langen Gang liefen wir zurück ins BATTLELAND. Ich hatte es gecheckt, wusste, dass Marlon Recht hatte. Verdammt, das hatte er. Und nun?

Plötzlich sagte Marlon mit extrem freundlicher Stimme: »Hey. Das schaffen wir. Ich bin jeden Nachmittag hier.«

Er schaute mir ins Gesicht.

»Nur mal zur Info, falls du dir mal ein paar Basics holen willst ... Ich meine, nur wenn du Lust hast.«

Verblüfft sagte ich: »Ja klar!«

Da drehte Marlon sich einfach um und ging.

Mein Herz hüpfte.

Zuhause ließ ich mich später erschöpft aufs Bett fallen und zog die Decke über den Kopf. Ich wusste, Papa oder Paul würden jetzt nicht ohne anzuklopfen in mein Zimmer kommen. Na ja, Paul vielleicht, aber der schlief ja hoffentlich schon. Niemand sollte sehen, dass ich vor Glück grad zerspringen konnte.

Alles ging mir nicht mehr aus dem Kopf.

Er ging mir nicht mehr aus dem Kopf.

MARLON.

(Szenen aus dem Drehbuch)

(A)

Am nächsten Morgen steckt sich Katya vor dem Spiegel ihren Ballettdutt.

(B)

Im Unterricht tanzt das Corps du Ballett eine Gruppenchoreografie. Katya tanzt wundervoll, energiegeladen und zum Aufbruch bereit.
Frau Rosebloom scheint zufrieden. Dennoch lässt sie ihre Lieblingsschülerin nicht aus den Augen.

(C)

Es werden Toprock-/Uprock-Schritte getanzt.
Hochkonzentriert versucht Katya nachzutanzen, was Marlon ihr vormacht. Um den richtigen Grove zu finden, hilft Marlon ihr, die Füße richtig aufzusetzen. Es ist klar: Katya muss lernen, körperlich locker zu lassen.

(D)

In ihrem Zimmer trainiert Katya Figuren aus der Dornröschen-Choreografie.
Immer wieder bricht sie ab, um an Streetdanceschritten zu arbeiten.
Ihr Training schwingt zwischen Ballett und Breakdance hin und her.

(E)

Nächster Morgen: In ihrem Schrank kramt Katya nach einem Paar Turnschuhen.
Sie findet ein älteres Modell – für das Training sollte es locker reichen.
Bevor Katya das Zimmer verlässt, blickt sie in den Spiegel.
Sie löst eine Haarsträhne und lässt diese lässig über ihre Stirn fallen.

(F)

Beim Six-Step soll sich der Körper, eine Hand auf dem Boden,
um sich selbst drehen. Immer wieder verknoten sich Katyas Beine.
Sie ist unzufrieden. Als Marlon sie ironisch wie ein Boxtrainer anfeuert, bricht Katya endlich unter ihrem Gewicht zusammen.
Marlon jubelt.

(G)

Im Wohnzimmer tanzt Katya Victor Teile der Dornröschenchoreografie vor. Victor ist angetan.
Katya jedoch beginnt unverhohlen zu gähnen.
Victor lächelt voller Liebe.

VICTOR

Frau Rosebloom nimmt euch ganz schön ran, was?
Ab ins Bett. Du musst dich auch mal ausruhen.

(H)

Im BATTLELAND gelingt es Katya mittlerweile, ganze Schrittfolgen zu tanzen. Marlon hebt den Daumen und macht ihr den MC Hammer vor – Tanzschritte, in denen Körper und Gliedmaße wie aus Gummi erscheinen. Katya macht die Schritte ernsthaft nach. Erst spät begreift sie, dass Marlon sie veräppelt hat.
Katya beginnt …

(I)

… Marlon durch das BATTLELAND zu jagen. Mittlerweile haben sie eine Zuschauerin: Schmunzelnd lehnt Feli am Geländer und lässt sich von Katyas und Marlons Freude anstecken.

(J)

Lauter Hip-Hop dringt durch die Wohnung der Orlows.
Katya ist allein. Tänzerisch erobert sie die gesamte Wohnung.
Ihr Tanzstil ist ein wilder Mix aus allem: Ballett, Hip-Hop und einfachem Rumgezappel. Sie lässt los, ist endlich das Kind, welches sie so lange nicht sein konnte.

(K)

FRAU ROSEBLOOM

Ihr müsst das Dornröschen mit jeder Faser eures Körpers durchleben. Nur so spürt ihr, wie wichtig der Kuss ist, der sie aus ihrem 100jährigen Schlaf befreit…
Katya, du beginnst.

Frau Rosebloom steht vor den Elevinnen. Katya ist in Gedanken bei Marlon und dem Streetdance.
Eine Mitschülerin knufft ihr in die Seite.

JANINE

Die Orlow braucht wohl mehr als 'nen Kuss, was?

Alle Mädchen außer Katya kichern.

(L)

Katya ist ein Ass in Headspins. In rasanter Geschwindigkeit dreht sie sich auf dem eigenen Kopf. In Wirklichkeit ist es jedoch Marlon, der sie an den Füßen hält und um ihre Achse dreht. Als Katya in einem eleganten Überschlag auf ihre Füße kommt, hebt Marlon beeindruckt den Daumen. Doch Katya beginnt zu torkeln. Ihr ist schwindlig.

(M)

Windmills, Elbow Tracks: Eine Hand auf den Boden gestützt, versucht Katya, ihren Körper in der Waage zu halten. Sie zittert vor Anstrengung, aber hält die Balance.
Auch andere Steps gelingen Katya immer besser.
Marlon geht in eine anerkennende B-Boy-Pose – *›You got it!‹*.
Katya antwortet als lässiges BGirl – *›Yeah, I got it!‹*.

BREAK

Völlig außer Atem saß ich nach dem Training im BATTLELAND neben Marlon. Kleine Verschnaufpause. Puh, die hatte ich auch bitter nötig. Marlon reichte mir eine Wasserflasche. Ich nahm einen großen Schluck.

»Echt nicht schlecht«, sagte Marlon. »Für 'ne Ballerina, meine ich.«

Ich lächelte ihn an. Und plötzlich stiegen mir Tränen in die Augen. Irgendetwas fiel von mir ab. Ich spürte Freude, Leichtigkeit.

Marlon fragte besorgt: »Hey. Alles gut?«

»Ja. Sehr gut sogar«, sagte ich.

Marlon schien beruhigt.

Dann schauten wir uns an. Für einen Moment war da sowas wie ein magisches Knistern zwischen uns. Das allerdings auch gleich wieder von Jo und Pepper unterbrochen wurde. Die hatten uns beobachtet und begannen provokativ und laut miteinander zu reden.

»Bro«, hörten wir Jo zu Pepper sagen: »Vertrauen ist beim Tanzen das ›A‹ wie ›Alright‹ und ›O‹ wie ›Okay‹. Okay?«

»Okay!«, meinte Pepper.

Und dann sahen wir die skurrilste aller skurrilen Szenen ever.

Jo stellte sich hinter Pepper und forderte ihn auf: »Lass dich fallen, Alter. Ich fang' dich auf.«

Pepper tat, wie Jo im befahl, schloss seine Augen und ließ sich fallen – leider in die falsche Richtung.

Statt nach hinten zu Jo kippte er wie ein Brett nach vorne.

Bumm!

Zum Glück lag da eine Matte.

Jo guckte blöd.

Marlon und ich mussten lachen, so laut und heftig wie wir beide wohl lange nicht mehr gelacht hatten.

ABENDBROT

Als ich zu Hause ankam, saßen Papa und Paul mit Frau Nemec am Küchentisch beim Abendbrot.

»Na, da ist ja unsere Nachzüglerin«, sagte die Nemec. »Komm setz dich.«

Ich begrüßte alle und sagte »Sorry«. Dann setzte ich mich.

»Wo warst du?«, fragte Papa, der leicht verärgert schien, dass ich jetzt erst kam.

»Äh, bei 'ner Freundin«, sagte ich kurz.

»Bei 'ner Freundin?«, fragte Papa skeptisch.

Ich sagte nichts, doch Papa ließ nicht locker.

»Bei welcher Freundin …«

Weiter kam er nicht, denn mir platzte der Kragen.

»Mann! Is' doch egal. Ist das etwa so unnormal?«

Okay, ich ging auf dünnem Eis und war irgendwie genauso erschrocken über meine Reaktion wie alle anderen am Tisch. Sogar Paul guckte mich verdattert an.

Dann beugt er sich zu mir rüber und flüsterte mir ins Ohr: »Wir müssen jetzt lieb sein. Papa muss sterben.«

»Was?«, riefen Papa und ich zeitgleich und schauten Paul fragend an. Der ließ sofort von mir ab, stürzte auf Papa zu und fiel ihm um den Hals. Er umschlang ihn so fest, als wollte er ihn nie wieder loslassen. Man musste Angst haben, dass Papa keine Luft mehr bekam.

»Bitte, Papa«, schluchzte Paul. »Du darfst nicht wieder ins Krankenhaus. Du kommst doch sonst nie wieder.« Paul weinte jetzt bitterlich und fügte noch hinzu: »Wie Mama!«

Es dauert eine Weile, bis wir verstanden.

Papa lächelte milde und sagte: »Paul, natürlich komme ich wieder. Die nehmen mir nur die Schienen ab und gucken, ob alles gut verheilt ist. Vielleicht machen die in der Reha noch ein paar Übungen mit mir. Aber in ein paar Tagen bin ich wieder da. Ganz sicher.«

»Ja?«, fragte Paul schluchzend.

»Na klar«, sagte Papa. »Und wenn ich zurück bin, dann fliegen wir wieder, okay?«

Er nahm Paul dabei fest in den Arm und schaute zu mir rüber.

Und dann sagte er noch: »Und wer weiß, dieses Mal sogar vielleicht bis nach Amerika.«

Dabei beließ er es an diesem Abend. Keine weiteren Fragen.

Am nächsten Morgen in aller Frühe verabschiedete er sich kurz, und dann fuhr Frau Nemec Paul in die Kita und Papa in die Klinik.

AUSREDE

Während sich die anderen Tänzerinnen in der Ballettschule umzogen und nach und nach in Trainingskleidung zum Unterricht in die Säle strömten, wartete ich in meinen Straßenklamotten auf Frau Rosebloom. Ich war nervös. Aber ich musste es heute klären. Das ging so nicht weiter.

Dann endlich kam sie aus ihrem Büro.

Ich zögerte keine Sekunde und sprach sie an.

»Frau Rosebloom?!«

Sie musterte mich und konnte ihre Verwunderung nicht unterdrücken.

»Katya«, sagte sie mit leicht erstaunter Stimme. »Du bist ja noch gar nicht fertig.«

»Ich kann die nächsten Tage nicht kommen«, sagte ich.

»Wie bitte?«, fragte die Rosebloom.

»Papa musste wieder ins Krankenhaus«, sagte ich.

»Oh Gott! Es ist doch wohl hoffentlich nichts Ernstes?«, fragte die Tanzlehrerin.

Ich überlegte kurz, wollte die Sache aber nicht dramatisieren und schüttelte den Kopf.

»Die nehmen ihm die Schienen ab und gucken, wie alles verheilt ist.«

Frau Rosebloom seufzte. Ich merkte allerdings, dass meine Ausrede sie nicht wirklich überzeugte.

»Katya«, sagte sie noch ernster als sonst. »Schön, wie du dich um Victor kümmerst. Aber ich kann dich nicht gehen lassen. Das Vortanzen ist in sieben Tagen. Das weißt du ... Und ehrlich gesagt bist du zurzeit nicht auf der Höhe, bist unkonzentriert, müde. Die Doppelbelastung zu Hause ist vielleicht etwas viel, hm? Soll ich mal mit Victor reden?«

Das sollte sie nicht. Und so wollte ich es auch klar sagen, stattdessen begann ich zu stottern.

»Nein, nein. Bitte ... Es ist doch so, dass ich ... er braucht mich jetzt. Wirklich.«

Ich blickte zu Boden.

Frau Rosebloom sagte: »Gut. Zwei Tage! Keinen Tag länger. Und versprich mir, dass du in jeder Minute trainierst. Du weißt, es liegt mir besonders am Herzen, dass du nach New York gehst. Du musst nächste Woche perfekt sein. Okay?«

Ich schien mein Ziel erreicht zu haben. Ich nickte. Und holte tief Luft. Erleichtert.

Jedenfalls für den Moment.

U-BAHN
INNEN - TAG

Die Crew des BATTLELANDs hat das Training in eine U-Bahn verlegt. Laute Hip-Hop-Musik tönt aus dem Ghettoblaster.
Ganz unterschiedliche Streetdancestile. Haltestangen und Sitzbänke werden in die spontane Gruppenchoreografie eingebaut.

Katya genießt es.
Plötzlich ruft die komplette Gruppe:
ALI-EN, ALI-EN, ALI-EN!
Marlon versteht die Rufe, wie sie gemeint sind, als Aufforderung zum Solo.
Katya lächelt ihn an, ermutigt ihn, stimmt in den Chor mit ein.
Marlon lässt sich darauf ein und beginnt ein atemberaubendes Solo.
Die ganze Meute johlt, und Katya ist die Lauteste. Doch Jo kann Marlon den Jubel nicht allein überlassen und gibt das ›Command‹ zum Battle.

In ihrem tänzerischen Fight geben beide alles.
Als Marlon - das Alien - die Oberhand zu gewinnen scheint, springt Pepper seinem Kumpel zur Seite - ganz ›Die Unzertrennlichen‹ eben. Ein Zweifrontenkampf ist eröffnet, den Marlon unmöglich gewinnen kann.

Marlon gibt auf.
Freundschaftlich schlägt er Jo und Pepper ab.

U-BAHNHOF
INNEN - TAG

Unter großem Gejohle stürmt die Crew die U-Bahn und durch die Gänge des Bahnhofs. Und landet auf einem großen Platz.
Die einzelnen Crewmember verabschieden sich allmählich.

DÖNERDATE

Pepper war wirklich zu lustig. Augenzwinkernd rief er Marlon zu: »Pass 'n bisschen auf das Stargirl auf, hm. Immerhin haben wir die entdeckt, klar?«

Jo klatschte Marlon ab und frotzelte: »Und? Zeigste ihr jetzt den Moonwalk, oder was?«

Marlon sagte erstmal nichts, ihm war das unangenehm, weil die ganzen anderen Crewmitglieder noch da waren. Irgendwann aber waren die alle verschwunden. Nur ich und Marlon waren noch da.

»Sehen wir uns morgen – ›Stargirl‹?«, fragte er.

»Klar, wir sehen uns – ›Alien‹!«, sagte ich.

»Okay, Brah.«

»Yeah, Brah.«

»Brah, Brah!«, dödelte Marlon.

»Marlon«, sagte ich.

»Ja?«

»Ich hab' Hunger«, sagte ich.

Marlon grinste. Okay.

Wir verstanden uns blind, also gingen wir was essen.

Wenig später saßen wir schon mit Pommes und Co. am großen Fenster einer Dönerbude. Unser erstes »Date«, dachte ich.

Marlon schaute mir tief in die Augen. Lächelte. Dann fragte er: »Wie lange machst du eigentlich schon Ballett?«

»Keine Ahnung«, sagte ich, obwohl ich's eigentlich wusste. »So lange ich denken kann«, sagte ich.

»Das kann ja nicht so lange her sein«, meinte Marlon.

Ich mochte seine freche Art, grinste und stupste ihm in die Seite.

»Also, wie lange?«, fragte Marlon. Er ließ nicht locker.

»Keine Ahnung«, sagte ich und rechnete kurz. »Fünfzehn Jahre vielleicht?«

»What?«, staunte Marlon. »Aber das heißt ja …« Er stutzte. »Dein ganzes Leben.“

Ich nickte. Ja, er hatte recht. War mir jetzt auch irgendwie bewusst. Komisch, hatte nie zuvor darüber nachgedacht.

»Und wie ist das so? Ich meine, wie fühlt sich das an, so 'ne Ballerina zu sein?« Marlon wollte es jetzt aber ganz genau wissen.

Ich musste lächeln und sagte dann: »Cool! Das ist manchmal wie fliegen.«

»Wie 'ne kleine Ente, oder was?«, fragte Marlon.

»Nee! Total anders«, sagte ich. »Eher wie 'n Vogel, der nicht mit den Flügeln schlagen muss. Einer, der nur so dahin gleitet.«

Marlon schaute mich fragend an. Er schien nicht zu verstehen, was ich meinte.

Gut, dann zeige ich's ihm, dachte ich. Kleine Performance mitten im Fastfood-Restaurant. Die Dornröschenvariation konnte ich im Schlaf tanzen. Warum also nicht hier. Für Marlon.

Der staunte, als ich tanzte.

Als ich fertig war, sagte ich: »So, jetzt du!«

Da musste Marlon lachen.

Dann, wenige Augenblicke später, wurde er ernst.

erhour im BATTLELAND: Moves und Power pur.

Katya ist eine großartige Ballerina, eine echte Orlow.

u Rosebloom bereitet ihre Schülerinnen auf die harte Prüfung für das Stipendium vor.

tya hat gut Chancen, das Stipendium in New York zu bekommen.

Frau Rosebloom hat ein besonderes Verhältnis zu Katya, …

… denn sie hat auch bereits Victor, Katyas Vater, trainiert.

tor und Frau Rosebloom wollen nicht zulassen, dass Katya ihren Traum vom Ballett aufgibt.

tya tanzt ausdrucksstark und perfekt – doch dabei zerbricht sie innerlich fast.

Feli zeigt Katya das BATTLELAND.

Katya lässt sich von der Energie im BATTLELAND mitreißen.

und Pepper mischen das BATTLELAND auf.

asse Moves im BATTLELAND.

Marlon ist ein geheimnisvoller Tänzer.

ıeinsam können Katya und Marlon fliegen, …

ber vorher muss Katya ihren eigenen Style finden.

Marlon und Katya feuern die Urban Dancer in der U-Bahn an.

Auch in der U-Bahn zeigt Marlon, was er kann.

ya und Marlon bei ihrem ersten Date.

ya zeigt Marlon, was Ballett für sie bedeutet.

Katya ist hin- und hergerissen zwischen ihren Schuldgefühlen gegenüber ihrer Familie …

… und der Faszination für Marlon und den Hip-Hop-Tanz.

Marlon erlebt Katya das erste Mal das Gefühl von Leichtigkeit und Jugend …

ıd das Gefühl einer ersten Liebe.

Regisseur Stefan Westerwelle im Gespräch mit Alexandra Pfeifer (Katya) und Yalany Marschner (Marlon).

Kameramann Martin Schlecht bei einer Szene im Ballettstudio.

»Du bist 'ne richtig Gute, oder?«

Ich stutzte, sagte »Na ja. Ich bin ganz okay?« und schaute ihn fragend an.

»Und was hat dich gestört?«, fragt er.

Ich verstand nicht gleich, was er meinte.

»Na ja«, sagte Marlon. »Waren dir die Flattermädchen zu zickig, oder hattest du 'ne böse Stiefmutter als Lehrerin?«

»Du hast echt keine Ahnung von Ballett«, sagte ich.

Da hatte ich wohl ins Schwarze getroffen. Unser Gespräch stockte. Nach einer kleinen Pause aber meinte Marlon: »Ich finde eh, dass Hip-Hop viel besser zu dir passt.«

Das hörte ich nun wieder gern. Ich schaute Marlon in die Augen, er sah in meine. Ein wunderbarer Moment. Ich genoss ihn. Irgendwie fühlte ich mich gerade verstanden.

Schnell fragt ich: : »Und du? Wieso kannst du so gut tanzen?«

»Was?«, fragte Marlon überrascht und sagte dann: »Das habe ich mir selbst beigebracht.«

Okay, das meinte er jetzt augenzwinkernd, dachte ich. Kleine Prahlerei.

Dann erklärte er: »Na ja, als ich klein war, hab' ich auf der Straße so 'nen Typen tanzen sehen. Ali Fazer. Krasser Typ. Der kam als Kind ganz allein aus dem Libanon. Der hatte gar nichts. Nur das Tanzen. Der hat nie aufgegeben, und jetzt ist er der Chef der besten Breakdancegruppe der Welt.«

»Die ›Tigers‹!«, sagte ich.

Marlon nickte.

»Das ist echt fett, wenn man's da rein schafft. Die touren gerade mit ihren Shows durch Amiland, Australien. Wie 'ne riesige Family.«

Ich spürte, dass Marlon gerade eine Tür zu seiner Seele geöffnet und einen Herzenswunsch geäußert hatte.

»Wieso nennen dich eigentlich alle Alien?«, wollte ich wissen.

Marlon schaute mich ernst an. Und sagte: »Das musst du doch selbst wissen. Immerhin bist du unser Stargirl.«

Jetzt stutzte ich und war sprachlos.

Marlon beugte sich leicht vor zu mir. Ein Kuss lag in der Luft. Wollte er mich küssen? Ich hätte es gewollt.

Dann aber sprang er überraschend auf und stürmte aus dem Restaurant. Hä? Was sollte das? Ich war irritiert. Kein charmanter Abgang, mich hier allein sitzen zu lassen, dachte ich.

Doch im nächsten Moment tauchte Marlon draußen vor der Fensterscheibe auf und parodierte auf dem Gehweg die Bewegungen einer Ballerina ... Voll übertrieben, aber lustig sah das aus.

Dieser Kerl, dachte ich, musste lachen und stürmte raus aus der Dönerbude.

SPRUNGKRAFT

Wir liefen wie in Trance durch die Straßen, mal jagte ich Marlon, der überzogene B-Boy-Moves machte, mal er mich. Wir umrundeten wie kleine Kinder Verkehrsschilder, umkreisten Säulen und Bäume im Slalom, rannten über Brücken, balancierten auf Bürgersteigkanten, sprangen über Rasen, ja, wir erklommen sogar eine Rolltreppe im krassen Turfing-Mode – und das gegen den Strom. Wir schwebten, flogen, leicht und spielerisch und übermütig. Wir fühlten uns wie in einem anderen Aggregatzustand.

Wir waren dabei bis zum Hafen gekommen, sprangen dort auf das Deck eines Schiffes und tollten auch hier wie wild herum. Dabei bleiben wir nicht unbemerkt, denn wir sahen, dass Sicherheitsleute unsere Verfolgung aufnahmen. Aber das war uns in diesem Moment egal.

Wir nahmen Reißaus, lachten und johlten, liefen denen tatsächlich davon. Sie kriegten uns nicht, wir übersprangen Bänke, nahmen drei Stufen auf einmal, rauschten um die Treppenabsätze.

Nichts hielt uns hier auf. Niemand und keiner.

Wir waren im Flow. Nein, wir waren der Flow. Ich, Katya, und Marlon – wir zwei fühlten uns frei und eins mit uns selbst.

Die Welt gehörte uns.

Aber die Sicherheitsleute kannten das Schiff natürlich besser, und so schnitten sie uns den Weg ab. Plötzlich standen sie vor uns.

Wir waren in der Falle. Sie hatten uns. Doch selbst das war uns in dem Moment egal. Marlon schien sich durch die Verfolgung und die Tatsache, dass uns die Männer jetzt den Weg versperrten, eher noch angestachelt zu fühlen. Er tänzelte vor den Wachleuten, provozierte sie geradezu. Sie wollten ihn fassen, aber er entwischte ihnen mit seinen coolen Moves und Jumps immer wieder. Sie kamen ihm näher, doch Marlons Bewegungen wurden dreister. Er lachte, wich ihnen immer wieder aus. Ich stand an der Reling, sah, wie er lachte und tanzte, wie er sein Ding durchzog, gegen die Widerstände und die versuchten Zugriffe.

Ich konnte es kaum fassen, wie dynamisch und kraftvoll, wie flink Marlon sich bewegte.

Aber dann kriegten sie ihn doch, war aber auch klar, die Sicherheitsleute waren viel mehr und schnappten ihn sich, hielten ihn fest.

Und nun?, dachte ich. Was machen sie nun? Was machen wir? Was sollte ich tun?

Wut kochte in mir hoch. Ich wusste nicht wie, aber plötzlich spürte ich eine unbändige Kraft und Energie in mir. Mit einem riesigen Sprung, der aus dem Ballett sein konnte, sprang ich in Richtung der Sicherheitsleute. Das war eine Kampfansage, eine weitere Provokation.

Ich landete direkt vor ihnen, sah ihre Verblüffung. Sie schienen überrascht. Das gab mir mehr Sicherheit.

Alle Augen waren auf mich gerichtet. Auch Marlons. Gut, dachte ich. Dann zeige ich ihnen, wem hier die Welt gehört.

Ich begann vor den Sicherheitsleuten zu tanzen, Powermoves wie ich sie mit Marlon geübt hatte, mutig und aggressiv tanzte ich die Kerle an. Ich sah, wie Marlon staunte. Und dann lachte.

Elektrizität durchlief meinen Körper, fast automatisch gelangen mir die Moves. Ich strotzte nur so vor Energie, tanzte wilder, als ich je zuvor getanzt hatte. Tanzte wie um mein Leben.

Um unser Leben.

Um unsere Freiheit.

Dann plötzlich stand ich direkt vor Marlon. Und hielt inne. Niemand sagte etwas. Die Sicherheitsleute nicht und auch Marlon nicht. Das einzige, was ich spürte, war mein Atem.

Ich sagte zu Marlon: »Ey!« Das war eigentlich sein Spruch, klar. »Worauf wartest du?«

Ich fasste seine Hand, zog ihn aus der Umklammerung der Sicherheitsleute. Die waren so perplex, dass sie ihn tatsächlich freigaben.

Gemeinsam und wie vorher abgesprochen, aber doch spontan, machten wir die paar Schritte zur Reling und sprangen vom Schiff.

Hand in Hand.

Ich und Marlon.

Der Flug schien eine halbe Ewigkeit zu dauern, und doch waren es nur ein paar Sekunden.

Ein paar Sekunden unendlichen Glücks.

Wir schwammen das kurze Stück zum Ponton und kletterten aus dem Wasser. Wir hatten Adrenalin pur in unserem Blut.

»Unglaublich. Katya. Da war es!«, sagte Marlon.

»Was?«, fragte ich.

»Na, ›das Andere‹ …«, sagte Marlon und stutzte. »Hast du's etwa nicht gemerkt?«

Ich musste grinsen. Natürlich hatte ich es bemerkt.

Und in dem Moment konnte ich nicht anders. Ich schnappte mir Marlons Gesicht und küsste ihn.

BUTTERKOPFBILD

Als ich später als sonst in der Nacht heimkam, stürmte Frau Nemec, die noch wach war, auf mich zu und rief halb flüsternd, aber doch etwas aufgebracht: »Katya! Weißt du eigentlich, wie spät es ist?«

Ich sagte nichts und blickte nur zu Boden. Ich mochte Frau Nemec und wollte nicht, dass sie sich um mich sorgte oder gar ängstigte. Aber was sollte ich machen.

DAS heute WAR WICHTIGER.

Frau Nemec ließ sich erleichtert auf einen Stuhl plumpsen, holte tief Luft und meinte: »Und da sagt man immer: Angst ist besser, als sich zu erschrecken. So ein Unsinn.«

Und dann bat sie mich: »Mach das nicht noch mal mit mir, ja?«

Mit forschendem Blick schaute sie mich an. Sie musste das Strahlen in meinem Gesicht bemerkt haben. Ich war sicher.

Denn beschwichtigend sagte sie: »Na gut. Aber jetzt raus aus den Klamotten und ab ins Bett. Ich mache dir schnell das Essen warm.«

Die Gute, dachte ich und tänzelte Richtung Bad.

»Achso, Katya«, rief die mir noch hinterher. »Dein Papa hat angerufen.«

Scheiße, dachte ich und fragte: »Und, was haben sie ihm gesagt?«

»Na was wohl?«, sagte Frau Nemec. »Die Wahrheit. Dass du bei einer Freundin bist und etwas für die Schule vorbereitest.«

Puh, da fiel mir ein Stein vom Herzen. Erleichtert sagte ich: »Danke.«

»Wie heißt es doch so schön in Ungarn? Den Vogel erkennt man an seinen Federn. Den Menschen an seinem Freund.«

Ich musste lächeln. Die Frau hatte immer einen flotten Spruch auf den Lippen. Und sie wusste was vom Leben ...

Dann sagte sie: »Nicht rumstehen. Nachtschicht kostet extra, und wie soll ich das nachher deinem Vater erklären?«

Ruckzuck war ich im Bad, dann aß ich noch eine Kleinigkeit und wollte schnell in mein Bett verschwinden. Ich fühlte mich so glücklich wie lang nicht mehr.

Doch zuerst schlich ich noch kurz in Pauls Zimmer und legte mich neben meinem Bruder ins Bett. Der bemerkte mich sofort und kuschelte sich zufrieden an mich. Ich strich ihm über das Haar und fragte leise: »Paul?«

»Hm«, antwortete er schlaftrunken.

»Was ist eigentlich, wenn ich mal was Neues mache?«

»Wie, was Neues?«, wollte der wissen.

»Hip-Hop«, sagte ich. »Wie die Jungs vor dem Kindergarten, weißt du noch? Also kein Ballett mehr.«

Paul schaute mich an, als habe es im Zimmer gerade kräftig gedonnert. Ich wartete gespannt, was er sagen würde.

Und dann sagte er das einfachste, was sich ein Kind denken konnte. Er sagte nur: »Mach doch beides.«

Wenn es so einfach wäre, dachte ich. Puh. War es aber nicht. Und das sagte ich ihm auch. »Das geht nicht, Paul.«

Paul grübelte. Und dann meinte er: »Wenn ein Junge Butter auf dem Kopf hat, muss er in die Sonne damit, sagt Frau Nemec.«

Mit diesen Worten drehte er sich wieder auf die andere Seite.

Hä, dachte ich. Was hatte mein kleiner Bruder da gerade gesagt? »Und was heißt das?«, fragte ich. »Hey Paul!«

»Keine Ahnung«, sagte der. »Aber immer das Gleiche machen ist doof. So was lernt man doch schon im Kindergarten.«

Ich musste schmunzeln. Wie recht er hatte. Liebevoll sagte ich: »Du kleiner Honk.«

Dann schaute ich, auf dem Rücken liegend, nachdenklich zur Decke und begann zu träumen.

Doch plötzlich sagte Paul: »Müssen wir denn dann auch mit nach Amerika, wenn du Hip-Hop machst?«

»Wie? Auch?«, fragte ich und war verwundert über das, was Paul da sagte. Er hielt sich erschrocken die Hand vor den Mund.

»Paul? Was meinst du?«, fragte ich und forderte energisch. »Sag!«

»Na ja, Papa hat gesagt«, meinte Paul, »dass wir mitmüssen, wenn du nach New York gehst.«

Jetzt verstand ich. Daher wehte der Wind. Was für ein Bullshit.

Typisch Papa, dachte ich.

(Aus dem Drehbuch)

U-BAHN
INNEN - TAG

Am nächsten Tag sitzt Katya in der U-Bahn.

KLINIK/GANG/THERAPIERAUM
INNEN - TAG

Katya hastet durch die Gänge der Klinik. Durch ein Fenster kann sie Victor im Trainingsraum sehen. Er ist mit Gummiseilen an der Decke befestigt. Der Aufbau erinnert an die Sicherheitskonstruktion des Theaters. Nur versucht man ihm hier nicht das Fliegen beizubringen.
Katya klopft an die Scheibe und lächelt Victor zu. Sofort ist klar: Irgendetwas stimmt nicht.

KLINIK/ PATIENTENZIMMER
INNEN - TAG

Gemeinsam sitzen sie in Victors Zimmer. Dieser wirkt abwesend. Dann:

VICTOR
Ich weiß gar nicht, ob ich mit meinem Vater jemals über das Ballett gesprochen habe. Das alles war ihm fremd - und ich ihm sicher auch. Auch als er zu meiner ersten Premiere nach London gekommen ist, hat er kein Wort gesagt. Er hat nur geschaut. Aber in seinen Augen konnte ich sehen, wie viel ihm das alles bedeutet hat. Ich habe diesen Moment in all den Jahren nie vergessen.

Victor lächelt. Dann:

VICTOR (CONT'D)
Der Körper eines Tänzers ist ein Werkzeug. Er dient etwas viel Größerem: reiner Schönheit und Perfektion - jedes kleine Zittern, eine winzige Unachtsamkeit, und die ganze Magie ist dahin - für immer.

Katya schaut ihren Vater ahnend an. Es bricht aus ihm heraus:

VICTOR (CONT'D)
Der Bruch ist nicht gut verheilt, sagen sie. ... Die Ärzte meinen, ich werde nie wieder tanzen können.

Victor beginnt zu schluchzen und lässt sich in die Arme seiner Tochter fallen. Katya weiß, eine Welt bricht für Victor zusammen - und für Katya auch.

Als Katya nachts wieder in ihrem Zimmer ist, liegt sie auf dem Bett, die alte Spieluhr in der Hand. Sie zieht sie immer wieder auf. Wie gebannt schaut sie auf die Gravur.

Haltet zusammen. Mama

Es schnürt ihr die Kehle zu.

Und dann bekommt Katya eine Nachricht auf dem Handy. Von Marlon.
»Du bist der Wahnsinn. Das Alien.«
Dahinter ein Herz-Emoji.

AUDITION

Tags darauf fuhr ich wieder ins BATTLELAND. Schon unten im Lastenaufzug hörte ich den wummernden Hip-Hop-Beat – er wurde lauter und lauter, dröhnte volle Kanne, je höher ich kam.

Auf der Empore feierten Streetdancer wieder eine After Hour.

Wo ist Marlon?, dachte ich. Ich suchte ihn. Dann sah ich ihn.

Er stand mit Jo und Pepper am Geländer da vorn. Ich ging zu ihnen.

Als Jo mich sah, rief er: »Hey Stargirl, da bist du ja endlich. Du glaubst gar nicht, was passiert ist.«

Ich beachtete Jo nicht, sagte nur: »Marlon, ich muss mit dir reden.«

»Ich auch, Katya«, sagte Marlon. »Die ›Tigers‹ kommen!«

»Was?«, fragte ich erstaunt.

»Die machen nächsten Samstag 'ne Audition«, erklärte Pepper, »und suchen Leute für ihre neue Show!«

Jos Stimme überschlug sich fast, als er hinterherschob: »Wenn man das packt, nehmen die einen mit auf Tour!« Und dann tänzelte nicht nur seine Stimme, denn mit leichtem Singsang rief er: »Ich sag nur New York, Rio, Tokio! Ist das nicht der Hammer?«

Ich schaute Marlon an. Der strahlte.

»Wollen wir da antreten?«, fragte er mich. »Ich meine du und ich. Als Duo. Hast du Lust?«

Was? Was redete der da? Hatte er das jetzt wirklich gesagt? Ich brachte kein Wort über die Lippen. Ich war platt. Komplett überwältigt und konnte nicht mehr an mich halten. Ich brach in Tränen aus. Das war mir alles zu viel. Viel zu viel. Hier, beim Ballett und zu Hause. Ich drehte mich um und lief davon.

Vor dem Aufzug holte Marlon mich ein.

»Was ist los?«, fragte er. »Was hab' ich falsch gemacht?«

»Lass mich«, sagte ich.

»Katya! Was is'?«, fragte Marlon.

Ich war zu keinem klaren Gedanken fähig. Wie auch. Aus meinem Mund kam nur: »Scheiße. Ich hab einfach keinen Bock mehr!«

Marlon stand da wie ein Plebs.

»Was?! Aber –« Er bekam den Mund nicht mehr zu.

»Pliés, Fouéttés, Battendues«, brach es aus mir heraus. »Wir sind die großen Orlows ... Das ist auch alles toll, aber ...«

Ich musste bitterlich heulen, die Tränen rollten über meine Wangen.

»Mama hat gesagt, wenn wir zusammenhalten, schaffen wir alles. Das stimmt, und das will ich auch, aber ... Warum fühlt sich das dann so scheiße an? Ich kriege keine Luft mehr – als wäre ich im Körper von jemand anderem. Marlon. Ich weiß nicht, was ich machen soll. Wer bin ich denn eigentlich?«

Ich war verzweifelt. Marlon spürte das. Er schaute mich ernst an. Dann zog er sein Smartphone aus der Tasche, stellte sich direkt neben mir, schob seinen Kopf nah zu meinem – und machte ein Bild.

Anschließend deutete er auf sich und fragte: »Wer ist das?«

»Mann, Marlon«, sagte ich genervt.

»Genau!«, sagte Marlon und zeigte dann auf mich.

»Und wer ist das?«

Wollte er mich verarschen?, dachte ich und sagte kurz: »Na, ich!«

»Ja, also! Wer denn sonst?«, sagte Marlon.

Mehr sagte er nicht. Kein Wort mehr. Er schwieg.

Da, plötzlich fiel der Groschen bei mir.

Na klar!

»Dann lass uns doch bei diesen Kack-Tigers antreten«, sagte ich.

Jetzt guckte Marlon mich echt überrascht an. »Was?«, fragte er.

»ICH WILL TANZEN!«, sagte ich. »MIT DIR! Bei den ›Tigers‹! Hast du Bock?«

»KLAR, Mann!«, sagte Marlon. »Bist du verrückt? Das Gleiche hab' ich dich doch eben auch schon gefragt.«

Dann umarmte mich Marlon. Fest und liebevoll.

(Aus dem Drehbuch)

BALLETTSCHULE/ BALLETTSAAL
INNEN - TAG

Zur selben Zeit: Stangentraining in der Ballettschule.
Frau Rosebloom widmet sich den Schülerinnen des jüngsten Jahrgangs.
Auf einen Stock gestützt kommt Victor in den Saal.
Frau Rosebloom strahlt, als sie ihn sieht.

FRAU ROSEBLOOM
Victor? What a surprise!

.

.

.

BALLETTFAMILIE

Als ich am Abend wieder in unsere Wohnung kam, war es dort totenstill. Kein Geräusch, kein Laut war zu hören. Merkwürdig, dachte ich. Frau Nemec erschien in der Küchentür und sagte in warnendem Tonfall: »Dein Vater ist da.«

Vorsichtig warf ich einen Blick ins Wohnzimmer. Papa saß bewegungslos in seinem Sessel. Er hatte seinen Mantel noch an.

»Was machst du hier?«, fragte ich erstaunt.

»Wo warst du?«, fragte er.

»Papa, ich ...«

»Lüg mich nicht an!«, fiel er mir ins Wort. »Es reicht, wenn du Frau Rosebloom Märchen erzählst.«

Ich holte tief Luft und sagte dann: »Ich lüg' dich nicht an.«

Ich versuchte, ruhig zu bleiben, und atmete tief ein und aus.

Dann sagte ich: »Ich habe vor ein paar Wochen Streetdancer kennengelernt. Ich trainiere mit denen. Marlon und ich ...«

»Marlon?«, fragte Papa.

»Wir wollen nächste Woche bei einer Audition mitmachen. Die ›Tigers‹ suchen eine neue Crew ... Und wenn das klappt, entwickeln wir einen eigenen Act und touren mit denen durch die ganze Welt.«

»Moment mal«, sagte Papa. »Und was ist mit der New York Ballet Academy?«

Was sollte ich sagen? Die Wahrheit? Es war schwer. Aber natürlich musste ich etwas antworten, also sagte ich, was ich dachte: »Seit ich klein bin, wache ich jeden Morgen mit einem Gedanken auf: *Ich werde Ballett tanzen.* Wie Mama und du.«

Dann fuhr ich fort: »Papa, ich liebe das Ballett. Natürlich. Aber wenn ich Streetdance mache, IST ALLES ANDERS. Alles in mir glüht. Ich hab' mich die ganze Zeit gefragt, was das ist. Aber das weiß ich jetzt. Das bin ich ...«

Ich machte eine Pause, hielt inne, sah ihn an. Dann sagte ich: »Ich kann nicht zurück ins Ballett.«

Der Satz schlug ein wie eine Bombe. Papa starrte mich an, als ob ich von einem anderen Stern käme.

»Aber du wolltest nie was anderes«, meinte er entsetzt.

»Ich kannte nichts anderes«, sagte ich.

Papas Blick gefror zu Eis. Dann sagte er bestimmt: »Du wirst ganz sicher nicht mit irgendwelchen Breakdancern durch die Welt turnen.«

»Papa«, erwiderte ich, »ich kann auch im Hip-Hop eine große Tänzerin sein ...«

»Nein!«, entfuhr es Papa. »Ballett ist deine Familie! Du hast nichts anderes.«

Ich war über die Härte in seiner Stimme erschrocken, wollte etwas sagen, brachte aber keinen Ton mehr über die Lippen.

»Katya! Schluss jetzt!«, sagte Papa. »Du bist so kurz davor, alles zu erreichen, was du dir erträumt hast. Ich lasse nicht zu, dass du jetzt alles hinwirfst. Ist das klar?!«

Was sollte ich sagen ... Gegen diese Macht meines Vaters konnte ich nichts ausrichten.

Wortlos verließ ich das Zimmer.

KOPFSTAND

Das Gespräch war hart. Völlig verloren und wie ein Schluck Wasser saß ich einen Tag später in der Tanzschule in Frau Roseblooms Büro. Ihr dunkler schwerer Schreibtisch strahlte eine Düsternis aus, die der Stimmung zwischen uns entsprach. Ich hatte ihr erklärt, was ich wollte. Steetdance. Hip Hop.

Die Tanzlehrerin sah mich nicht an, sie starrte aus dem Fenster, während sie zu mir sprach.

»Du warst diszipliniert, zielstrebig. Was für wunderschönes und seltenes Talent. Vielleicht das größte, das ich je hatte.«

Ihr Blick schweifte die Wand entlang, wo Dutzende Porträts von großartigen Tänzerinnen und Tänzern hingen. Auch ein Bild von Victor und Marie war dabei. Dann sah sie mich an und sprach weiter: »Ich habe sie alle an die großen Häuser gebracht. Was soll ich jetzt mit dir machen?«

Sie holte tief Luft, ich merkte, wie es in ihr pulsierte.

Dann sagte sie: »Gut. Ich kann dir und deiner Zukunft nicht im Wege stehen.«

Ich schaute sie erwartungsvoll an.

»Wir haben keine Zeit zu verlieren«, sagte sie. »Ich trainiere dich am Tag, und am Nachmittag übernimmt dein Vater. Ihr bekommt einen eigenen Raum in der Schule. Das Vortanzen ist in drei Tagen. Mach' dich fertig.«

Ich war verzweifelt, versuchte es mir aber nicht anmerken zu lassen. Ich wollte Streetdance machen. Aber weder Papa noch Frau Rosebloom verstanden mich. Sie zwangen mich zum Ballett.

Da plötzlich sagte Frau Rosebloom noch: »Katya! Wir alle zweifeln. Plötzlich tut sich eine Chance auf, und das ganze Leben steht Kopf. Da muss man standhaft bleiben, es vorbeiziehen lassen und so tun, als wäre nichts geschehen. Ansonsten weht es einen davon.«

Ich hörte es, sagte aber nichts – und ging.

Tags darauf:
(Aus dem Drehbuch)

**BALLETTSCHULE / BALLETTSAAL
INNEN TAG**

Im Ballettsaal tanzt Katya die Passage, in der sich Dornröschen an der Spindel sticht. Jede Bewegung sitzt. Katya hat die Figur in jeder Faser durchdrungen: Dornröschens Lust, das Neue zu wagen, die Gewissheit, in einen hundertjährigen Schlaf zu fallen. Allein, ihr fehlt die Hoffnung, jemals wieder aufzuwachen.
Das Dornröschen sticht sich an der Spindel. Katya beginnt zu taumeln.
Janine ist kreidebleich, sie erkennt ihre Chancenlosigkeit.
Frau Rosebloom nickt. Frau Nemec, die durch den Türspalt zusieht, verdrückt eine Träne.
Nur Victor lässt äußerlich keine Regung erkennen. Er seziert jeden einzelnen Schritt seiner Tochter.
Als Katya schließlich zu Boden geht und einschläft, schließt Victor beruhigt die Augen.

FLUCHT

Mir war alles zuviel. Zu Hause auf meinem Bett, hielt ich die Spieluhr wieder in den Händen. Die Ballerina drehte endlos Pirouetten.

Wie in Trance schaute ich auf ihre Drehungen. In mir brodelte es. Ich musste eine Entscheidung treffen. Ich musste. Es ging so nicht weiter.

Und ich tat es.

Ich sprang auf.

Ich nahm meine Tasche und stopfte wahllos ein paar Klamotten hinein.

Ich schulterte die Tasche und verließ mein Zimmer.

Ich schlich zur Haustür.

Ich öffnete sie, drehte mich noch einmal um und ließ meinen Blick durch die Wohnung schweifen.

In Pauls Zimmer hörte ich meinen Bruder, wie er mit Frau Nemec sprach. »Mensch, Frau Nemec. Das Pferd kann so nicht laufen. Das muss immer übers Eck«, sagte Paul.

»Wie bitte? Aber dann kriege ich ja gar nicht diese kleine Stummelfigur weg«, entgegnete die Nemec.

»Das ist ein Bauer«, stellte Paul klar. »Probier' doch mal den Turm.«

Paul hatte schnell gelernt, dachte ich. Mein kleiner kluger Bruder.

Ich drehte mich um und mir kamen die Tränen. Ich schloss die Tür und verließ die Wohnung.

Ich schnallte die Tasche auf den Gepäckträger und trat aufgewühlt, traurig und zugleich kämpferisch in die Pedalen.

Ich wollte weg, einfach nur weg.

Mein Ziel war BATTLELAND.

HOFFNUNG

In der oberen Etage fand ich Marlon. Er hatte wie immer die Kopfhörer auf den Ohren und war voll ins Training vertieft. Überall auf dem Boden hatte er Zettel als Markierungen ausgebreitet. Als er mich sah, kam er aufgeregt auf mich zugestürmt.

»Katya!«, rief er. »Ich habe die perfekte Idee für unsere ›Tigers-Choreo‹.« Dann führte er mich zu einer der markierten Positionen.

»Das ist die Startposition, ja?«, sagt er, schaute mir fest in die Augen und zeigte dann auf eine andere Markierung. »Wenn ich da hinten mit einem ›Backflip‹ anfange, blockst du hier mit einem ›Drop‹, und ich checke das dann …«

»Marlon?« Ich wollte seine Euphorie nicht bremsen. Aber ich musste ihm doch … Doch Marlon ließ gar keinen Zwischenruf zu, schob mich auf eine neue Markierung.

»Zusammen machen wir dann einen ›Baby Swipe‹. Und mit einem ›Suicide‹ kommst du direkt hier rüber. Is' das nicht genial?«

Er schaute mich mit lächelnden Augen an.

»Marlon …« Ich wollte ihm sagen, wie ich unter Druck stand.

Doch Marlon war schon auf der anderen Seite des Raumes und rief aufgeregt: »Und dann gehen wir gemeinsam hier rüber … Oder noch besser: Wenn ich …«

»MARLON!«, versuchte ich ihn erneut zu unterbrechen.

Endlich hielt Marlon inne.

»Was ist?«, fragte er. »Alles in Ordnung?«

An meinem Gesichtsausdruck musste er erkennen, dass nichts in Ordnung war.

»Mann, sorry, tut mir leid«, sagte er. »Ich wollte dich nicht überfahren. Ich bin einfach nur so aufgeregt.«

Ich schaute ihn fest an und sagte: »Wir kriegen das hin, oder? Sag mir, dass wir das schaffen.«

»Hey«, sagte Marlon und machte mir Mut. »Wir sind Stargirl und Alien. Natürlich kriegen wir das hin.«

Ich atmete tief durch. Marlon gab mir einen vorsichtigen Kuss auf die Wange und meinte: »Komm, vergiss' meine Choreo. Wir legen noch mal von vorne los. Gemeinsam.«

Plötzlich hatte ich wieder Hoffnung. Ich glaube, jetzt huschte sogar ein Lächeln über meine Lippen.

Ein Beat setzt ein, der der folgenden Montage unterliegt.

(Aus dem Drehbuch)

BATTLELAND/ FELIS BÜRO – INNEN/ TAG

Katya und Marlon sitzen vor Karim und seinem Mischpult.
Sie teilen sich ein In-Ear-Set und suchen nach einem passenden Stück für ihre Choreo. Der erste Track gefällt Marlon. Aber Katya schüttelt den Kopf.
Beim zweiten Track das umgekehrte Spiel.
Erst als Karim mit zwei Reglern gleichzeitig experimentiert, ist klar: Katya und Marlon haben ihren Track gefunden.

BATTLELAND/ GROSSE HALLE – INNEN/ TAG

Die Markierungen sind vom Boden verschwunden.
Katya und Marlon trainieren. Alles wirkt wie ein großes Chaos.
Beide machen Vorschläge und verwerfen diese dann wieder, treten sich gegenseitig auf die Füße, brechen lachend ab.

BATTLELAND/ GROSSE HALLE – INNEN/ TAG

Zeitsprung

Als sie konzentriert über ihren Notizen brüten, schaut Marlon Katya lange an.
Er spürt, dass sie gemeinsam an einem Strang ziehen. In einer witzigen Geste,

wischt Marlon die Notizen beiseite: *›Die brauchen wir nicht.‹*
Katya schaut Marlon fragend an.

MARLON
Vertrau mir, okay?

Katya nickt. Marlon erhebt sich und beginnt mit Bewegungen, die aussehen, als zöge er kleine Kugeln aus Katya.
Mit einem großen Satz springt Marlon plötzlich zurück und feuert die fiktiven Kugeln mit ungeheurer Wucht Richtung Katya.
Sie wird getroffen. Immer und immer wieder.
Als sich Marlon für eine neue ›Attacke‹ bereit macht, versteht Katya und pariert: Mit einem Move blockt sie Marlons Angriff ab.
Die nächste Kugel fängt sie und schießt sie zu Marlon zurück.
Das Bild zweier kämpfender Zauberer entsteht. Die vermeintlichen Kugelsalven verwandeln sich in Energiestrahlen. Ein Kräftemessen auf Augenhöhe entsteht, welches keiner für sich entscheiden kann.
Völlig synchron fallen Katya und Marlon zu Boden, um ebenso synchron wieder auf die Beine zu kommen.

Dort, wo sich die Energiestrahlen getroffen haben, schwebt nun eine kleine Kugel. Unabhängig voneinander dasselbe sehend, ergibt sich eines ins andere.
Die Kugel beginnt zu wachsen.
Katya und Marlon müssen sie gemeinsam halten.

Die Kugel wächst und wächst, bis beide von ihr verschluckt werden und sie sich, dicht an dicht, in ihrem Inneren wiederfinden. Eine emotionale Hip-Hop-Choreographie entsteht, ganz automatisch. Dann eine erste Berührung mit den Fingerspitzen, dann mit den Händen. Und bald wirkt es, als wollten sich Katya und Marlon nicht mehr loslassen.
Sie brechen ab. Atemlos stehen sie sich gegenüber, schauen sich wortlos an. Dann gehen sie aufeinander zu, wissen:
In diesem Moment sind sie nicht nur zu einem tänzerischen Duo verschmolzen …

Jo und Pepper, auf der Empore, lassen die Blase platzen.

JO

Nicht schlecht. Aber eins ist ja wohl klar: Der Platz bei den Tigers gehört uns.

PEPPER

Und wenn wir mit unseren Battleships ancruisen, machen Alien und sein kleiner Stern 'nen Abflug.

Katya versteht die Aufforderung zum verbalen Battle.

KATYA

So? Dann habt ihr wohl noch nie 'nen Stern von Nahem gesehen, was?

Katya geht auf Jo und Pepper zu.

KATYA (CONT'D)

Ich an eurer Stelle wär' verdammt vorsichtig. Sterne sind riesig und verdammt hot. Eure winzigen Battleships machen ›Pffffft‹ - und bums könnt ihr abdampfen.

Mit einem witzigen B-Girl-Move unterstreicht Katya ihre neu gewonnene Stärke.
Sie hat das Battle klar für sich entschieden.

VOR DEM BATTLELAND - AUSSEN/ ABEND

In der Dämmerung verlassen Katya und Marlon das BATTLELAND.
Schweigend gehen sie nebeneinander her.

Als sie an der Straße ankommen, bleiben sie stehen. Es gibt so vieles, was man sich jetzt sagen könnte - aber ab und an braucht man keine Worte, um sich zu verstehen.

MARLON

Wir sehen uns morgen, oder?

Katya nickt. Dann trennen sie sich.
Als Katya an ihrem Fahrrad ankommt und den Schlüssel herausholt, stockt sie. Wohin soll sie fahren? Sie blickt zurück zum BATTLELAND, denkt nach.
Dann, gerade als sie Marlon hinterherrufen möchte, zuckt sie zusammen. Marlon steht bereits hinter ihr. In Katyas Lachen mischt sich Erleichterung.

KATYA UND MARLON (BEIDE)
Ich ...!

Beide brechen ab.

KATYA UND MARLON (CONT'D)
Du zuerst.

Wieder lachen beide.

MARLON
Ich finds voll schön, dass du ...
ich meine, bei mir gelandet bist.

KATYA
(gerührt)
Finde ich auch.

MARLON
Ich wollt fragen, ob du ...
Also nur wenn du Bock hast und Zeit ...
Ich meine ... nur wenn du willst ... ob Du
noch ... mit zu mir kommen willst?

KATYA
Ja, klar.

Katya ist erleichtert und holt ganz tief
Luft.

FUNDSACHEN

Wir fuhren mit der U-Bahn durch die Nacht.

Irgendwann hatte Marlon seinen Arm um mich gelegt und ich ließ meinen Kopf auf seine Schulter fallen. Das tat gut. Ich fühlte mich sehr wohl. Gemeinsam genossen wir die Fahrt in dem menschenleeren Waggon. Draußen zogen die Lichter der Stadt vorbei.

Als wir bei seinem Haus angekommen waren, kletterte Marlon im Garten auf einen Sims und öffnete mit einem routinierten Griff ein Fenster. Dann reichte er mir mit einem lockeren »Darf ich bitten?!« und einem Lächeln die Hand und half mir hinein.

Im Zimmer war es dunkel. Marlon knipste eine Lampe an, und ich sah sein Reich. Er sagte: »Welcome to ›Planet Marlon‹.«

Das Zimmer sah gemütlich aus. In der Ecke stand ein schöner Sessel, an einem selbstgebauten Kleiderständer hing ein Planetenmodell, und im Regal entdeckte ich unglaublich viele Porzellanfiguren. Einige waren kaputt, ihnen fehlte ein Arm oder ein anderes Teil, bei manchen war die Farbe abgeblättert. Überhaupt schien Marlons Welt hier aus lauter Fundstücken und zusammengesammeltem Zeugs zu bestehen – eine sympathische Rumpelbude war das, eine Wunderkammer. Mir gefiel die Unordnung.

Ich fragte Marlon, ob ich eine der Figuren aus dem Regal rausnehmen durfte, betrachtete sie genau, fand sie voll schön und sagte: »Wo hast du denn das ganze Zeug her?«

»Gefunden«, sagte Marlon nur.

Er räumte ein paar Sachen beiseite, und so ging ich zum Bett und ließ mich drauffallen. Entspannt lag ich da und starrte an die Decke.

Wow, dachte ich, als ich die vielen Bilder an der Decke sah und sagte: »Crazy!«

Marlon legte sich zu mir, gab mir die Hand, und wir schauten gemeinsam nach oben. Seine Decke war mit lauter Bildern von Streetdancern gepflastert.

»Das hier sind die ›Steps‹«, sagte Marlon und zeigte auf ein Bild. »Das sind die Jungs von den ›Killaz‹. Und die Typen da mit den schwarzen Caps sind ›The Fam‹ aus Frankreich.«

»Und wer ist das?«, fragte ich und zeigte auf eine große Collage in der Mitte.

Marlon richtete sich auf, drehte sich zu mir und meinte fast ein wenig empört: »WAAAS? Dein Ernst gerade? Das ist ›The Boss‹ – Ali Fazer! Really? Der Tigers-Chef. Weißt du das nicht?«

Dann lächelte er. Und auch ich lächelte ihn an. So lagen wir lange da und schauten uns wortlos an.

Irgendwann fragte ich: »Ist es für deine Eltern eigentlich okay, dass ich hier bin?«

Marlon sagte nichts, stand auf und meinte nur: »Komm. Ich will dir was zeigen.«

Er ging zur Tür, nahm mich an die Hände und führte mich durch den Flur. Der war ziemlich groß. Von da gings in ein Zimmer, wo zwei Jungs auf dem Sofa saßen und zockten. »Bruder eins und zwei«, sagte Marlon. »Fabian und Martin.«

An einem Tisch auf der anderen Seite saß noch ein Junge, der in einem Buch las. Marlon zeigte auf ihn und sagte: »Bruder drei, Henry Potter.«

Hä? Ich war irritiert. Marlon spürte das, sagte aber nichts und führte mich weiter in den nächsten Raum. Auf der Couch dort saßen noch weitere Jungs, die uns aber null Beachtung schenkten.

»... Jeremy, Milo und Hayat«, sagte Marlon. »Alles meine Brüder.«

Wollte er mich verarschen? Die Jungs sahen alle unterschiedlich aus, die konnten unmöglich miteinander verwandt oder gar Marlons Brüder sein.

Plötzlich kam ein junger Mann in den Flur, Marlon bemerkte das und zog mich sofort zu seiner Zimmertür und in sein Zimmer. Hinter uns schloss er die Tür, legte seinen Finger auf die Lippen und wartete.

Kurz darauf klopfte es.

Marlon sagte: »Ja?«

»Marlon, alles okay?«, fragte der junge Mann.

»Ja klar«, antwortete Marlon entspannt.

»Kann ich kurz reinkommen?«

»Nee, ich lieg' schon im Bett«, log Marlon.

»Na«, hörten wir die Stimme draußen, »dann sehen wir uns morgen.«

»Bis morgen«, sagte Marlon und wartete, bis sich die Schritte entfernten.

»Das war unser Papa«, flüsterte Marlon. »Also, wir nennen ihn so. Und Mama kommt morgen zur Frühschicht.«

Dann ließ er mich stehen, ging zum Bett und setzte sich aufs Bett. Ich blieb an der Tür und fragte, was mir gerade durch den Kopf schoss: »Ist das ein Heim?«

»Ja«, sagte Marlon. »Aber wir nennen es lieber WG.«

»Und wo sind deine Eltern?«, fragte ich.

»Keine Ahnung«, sagte Marlon. »Ich hab' keine.«

So ein Quatsch, dachte ich, jeder hat doch Eltern, und sagte: »Sehr witzig.«

»Ich mein es ernst. Ich hab' die nie kennengelernt«, beteuerte Marlon.

»Aber warum hast du mir nie was erzählt?«, fragte ich.

»Was hätt' ich denn sagen sollen«, entgegnete Marlon ein wenig gereitzt. »›Hallo, ich bin Marlon und ich hab' keine Eltern?‹ Oder was? Ich weiß von deinen doch auch nichts ...« Er machte eine Pause und fragte dann: »Macht das jetzt zwischen uns alles anders, oder was?«

»Nein! Natürlich nicht«, sagte ich.

Marlon nickte und bat: »Dann komm doch endlich zu mir.«

Das machte ich, ich ging zu ihm, kniete mich vor ihn und schaute ihm in die Augen. Und dann konnte ich nicht anders, ich fiel ihm um den Hals und umarmte ihn. Wir rieben unsere Nasen und die Stirn aneinander und Marlon zog mich aufs Bett.

Nach einem kurzen Moment sagte ich: »Darf ich dich noch was fragen?«

»In die Niagara-Fälle gestürzt«, sagte Marlon, »als sie ein Selfie machen wollten.«

Ich drehte mich rum und schaute Marlon erschrocken an. Der grinste nur und sagte: »Mensch, du glaubst alles, oder? Ich weiß wirklich nichts über die.«

Dann gab er mir einen Kuss auf die Wange und redete weiter. »Als Kind habe ich mir immer vorgestellt, meine Eltern wären große Schauspieler oder 'n krasses Gangsterpaar, das durch die Gegend cruist. Ich hab' mir immer was ausgedacht, warum sie gerade nicht da sein können.«

Dann grinste er und sagte: »Zwei Typen hab' ich mal erzählt, dass Mama und Papa von Aliens entführt wurden. Du hättest mal deren Gesichter sehen sollen! Die haben das echt geglaubt. Für die bin ich jetzt nur noch das Alien.«

Nun musste sogar ich kichern. Auch wenn das kein lustiges Thema war. Die Geschichte war lustig, denn die zwei Typen waren Jo und Pepper. Dann wurde auch Marlon wieder ernst.

»Aber irgendwann checkt man's«, sagte er. »Ich bin einfach so 'n Fundstück, wie der ganze Kram hier ...« Er zeigte rüber zu dem Regal. »Guck, der Clown da vorne. Der mit dem kaputten Bein. Den hab' ich aus 'nem Park. Aber bei welcher Oma der auf der Kommode stand, oder ob da noch andere zugehören, keine Ahnung. Ich werde auch nicht wissen, von wem ich die Augen oder die Nase habe.«

Nachdenklich schaute ich Marlon an.

Doch der sagte nur mit einem Schmunzeln im Gesicht: »Hey, alles gut. Irgendwann weiß man, wo man hingehört.«

Dann stupste er mir auf die Nase.

Wir kuschelten und es war schön. Sehr schön.

Später, es war schon mitten in der Nacht, war Marlon eingeschlafen. Er atmete ruhig. Ich dagegen kriegte lange kein Auge zu. Unablässig musste ich an die Decke starren, auf die das Licht der Straßenlaterne fiel – auf Ali Fazer.

Unterdessen:

(Aus dem Drehbuch)

WOHNUNG ORLOW / KATYAS ZIMMER INNEN - NACHT

Ein Familienfoto an der Wand. Victor öffnet die Tür zu Katyas Zimmer. Er schaltet das Licht an und setzt sich auf die Bettkante.
In einer Kiste, in der Katya Erinnerungsstücke aufbewahrt, entdeckt er Katyas erste Ballettschuhe. Klein, alt und völlig zerschlissen. Er nimmt sie in die Hand und streicht mit den Fingern über den Satin.

VICTOR

Katya?
(enttäuscht)
Nein, Frau Nemec. Sie ist noch nicht zurück … Ich weiß … Die Polizei hat gesagt, wir sollen noch abwarten …

… *Aber natürlich kommt sie zurück!*
… *Ja, gute Nacht.*

Victor legt auf.

OFFENBARUNG

Erst morgens im BATTLELAND nahm ich mein Handy wieder in die Hand. Als ich es einschaltete, wurden etliche Nachrichten und 23 verpasste Anrufe von Papa in Abwesenheit angezeigt.

Ich öffnete die Nachrichten.

Er schrieb: »Komm bitte nach Hause« und »Wo bleibst du?« und »Paul und ich machen uns Sorgen« und »Bitte ruf mich an. Papa.«

Ich wollte jetzt nicht. Ich schaltete das Handy wieder aus. Papa musste warten. Es ging jetzt um mein Leben. Nachdenklich schnürte ich mir die Sneaker.

Feli kam zu mir und sagte: »Hey Katya, ich mache gerade die Unterlagen für die ›Tigers‹ fertig. Mir fehlt noch die Unterschrift von deinen Eltern.«

Sie gab mir das Formular und bat mich, es bis morgen unterschrieben zurückzubringen.

Wie sollte das gehen, dachte ich, und starrte nachdenklich auf das Papier.

»Danke übrigens«, sagte Feli. »Echt toll, was du aus unserem Alien gemacht hast. Ihr beide seid ein sweetes Team. Da können sich die ›Tigers‹ schon mal warm anziehen.«

Ich nickte und lächelte gequält. Können sie nicht, dachte ich. Papa würde das nie unterschreiben. Fuck.

Als Feli wieder weg war, hatte ich eine Idee. Ich holte einen Stift aus meiner Tasche. Ich unterschreib das Ding einfach selbst, dachte ich. Nur, so einfach war das nicht. Ich setzte mehrfach an, kriegte es aber nicht fertig, die Unterschrift zu fälschen. Ich konnte das einfach nicht tun. Irgendwas daran fühlte sich falsch an.

Im BATTLELAND war es bis eben noch ziemlich ruhig, jetzt aber wurde es lebhaft und laut. Ich steckte das Schreiben in meine Tasche.

Dann stand ich auf und ging zur Empore. In der Mitte der großen Halle trainierte Marlon schon. Es half nichts, dachte ich mit Tränen in den Augen, ich musste Marlon jetzt die ganze Wahrheit sagen. Ich ging die Eisentreppe runter zu ihm. Holte tief Luft.

»Ich muss dir was sagen«, sagte ich, ohne groß um den heißen Brei rumzureden.

Marlon schaute mich fragend an. Er spürte, dass irgendetwas nicht stimmte.

»Ich kann mit dir nicht bei den ›Tigers‹ antreten. Mein Vater erlaubt mir das nicht.«

»Was?«, fragte Marlon erstaunt.

»Mein Vater ist Victor Orlow. Ein Riesen-Ballettstar. Meine ganze Familie ist Ballett, weißt du. Und in zwei Tagen ist ein Vortanzen für die NYBA, das ist eine der besten Ballettschulen überhaupt, in New York …«

»Marlon«, sagte ich, und in meiner Stimme schwang Verzweiflung mit. »Ich will nicht zurück ins Ballett. Ich will Hip-Hop machen. Das weiß ich. Aber …«

Wieder stockte ich. Die Tränen kamen mir.

»Okay …«, sagte Marlon und kam auf mich zu. »Wir reden mit ihm.«

»Hab' ich doch schon«, schluchzte ich.

»Hab' ich wieder irgendwas übersehen?«, meinte Marlon. »Das ist doch unser gemeinsamer Traum. Ich meine, du wolltest das doch auch, oder nicht?« Marlon hatte ja recht, und ich nickte.

»Okay, super, Katya«, meinte Marlon. »Komm, dann finden wir auch eine Lösung. Bis das mit den ›Tigers‹ losgeht, bleibst du einfach bei mir. Das klappt schon irgendwie, hm?«

»Das geht nicht«, sagte ich.

»Doch, klar geht das, guck mich doch an«, sagte Marlon. »Man schafft alles, was man will.«

»Das ist doch mein Papa. Der ist doch hier drin«, sagte ich und klopfte gegen meine Brust. »Und egal wo ich hingehe, das geht nicht so einfach weg – egal wo ich hin …«

»Und was ist mit uns?«, fragte Marlon.

»Versteh' doch. Ich weiß doch, von wem ich meine Augen und Nase habe. Ich bin kein Fundstück. Und ich kann nicht so tun …« Nach einer kurzen Pause sagte ich: »Ich glaub, du musst alleine bei den ›Tigers‹ antreten.«

Marlon war sprachlos. Er schaute mich ungläubig an. Ich spürte seine tiefe Verletzung. Er wandte sich von mir ab und ging zu seinen Sachen in der Mitte der Halle.

»Marlon«, sagte ich.

Doch Marlon wollte nichts mehr hören. Er wollte mir nicht mehr zuhören. Aber dann kam er noch mal zu mir, stellte sich vor mich und sagte ernst: »Weißt du, in meinem ganzen Leben hab' ich alles alleine gemacht …« Er sprach den Satz nicht zu Ende, winkte ab. »Ach, vergiss es, du checkst es nicht.« Dann ging er die Treppe hinauf.

Oben im Gang standen plötzlich Jo und Pepper vor ihm und verstellten ihm den Weg.

Hatten sie alles mit angehört? Scheinbar nicht, denn Jo fragte einfach so: »Na Alien, wie läufts …«

Er kam nicht dazu, den Satz zu beenden. Marlon packte Jo und – RUMMS! – rammte ihn gegen die Wand.

»Verpisst euch einfach alle!«, schrie er und ging.

Als ich zu Hause am Abend die Wohnung betrat, erwartete mich Paul schon und fiel mir voller Freude um den Hals. Auch Frau Nemec schien erleichtert, mich zu sehen.

Papa schlich aus dem Wohnzimmer und musterte mich. Sein Blick war fragend, kalt. Ich schaute für eine Sekunde und ebenso emotionslos in seine Augen und senkte meinen Blick dann.

Jeder schien auf ein Signal zu warten, dass der andere zur Einsicht gekommen sein möge. Doch dieses Signal blieb aus.

Das belastete mich. Für mich war eine Welt zusammengebrochen. Nicht erst jetzt, aber jetzt spürte ich es deutlicher und schmerzhafter als je zuvor.

Ich ging wortlos in mein Zimmer und schlug die Tür hinter mir zu.

Alles, was bis vor ein paar Wochen Bestand hatte, war mir fremd geworden. Das Ballett, Frau Rosebloom, diese Academy in New York … und jetzt auch Papa.

(Aus dem Drehbuch)

ACHT SZENEN

(1)

Im BATTLELAND steht Marlon auf dem Flur.
Wie immer beschützen ihn seine Kopfhörer und die Musik daraus vor dem, was sich um ihn herum tut.
Er hört nichts, sieht nichts, reagiert auf niemanden.

(2)

Zu Hause bei sich liegt Marlon auf seinem Bett.
Verloren blickt er auf sein Handy.
Darauf läuft ein Film, der ihn beim Tanzen mit Katya zeigt.
Jo hatte das heimlich gefilmt.

(3)

Ebenfalls bei sich zu Hause liegt Katya auf ihrem Bett und starrt an die Decke.
Paul klettert zu ihr und schmiegt sich vorsichtig an sie.
Traurig streicht Katya ihrem Bruder über das Haar.

(4)

Katya sitzt auf dem Flur der Ballettschule.
Neben ihr eine geöffnete Tür, durch die man in den Ballettsaal schauen kann:
Katyas Mitschülerinnen sind beim Ballettraining.

(5)

Marlon sitzt am großen Tisch in der Küche.
Die Bewohner des Wohnheims scherzen, albern herum, decken den Tisch.
Marlon ist völlig von seiner Umwelt abgelöst.

(6)

Katya schaltet in der Küche das Licht an. Auf dem Weg zum Kühlschrank entdeckt sie einen Zettel von Victor auf dem Tisch.
Ich habe mit Rosebloom gesprochen, steht da. Du kannst immer noch zurück. Gib nicht alles auf. Papa.
Katya zerknüllt den Zettel und lässt das Knäuel auf dem Tisch liegen.

(7)

Marlon allein am Hafen in der Abendsonne.

(8)

Katya allein am Hafen, an einer anderen Stelle, in der Abendsonne.

DRAMA

Was dann passierte, ist schnell erzählt. Immer wieder hatte ich zu Hause die Spieluhr von Mama in die Hände genommen. »Haltet zusammen! Mama!«, stand da drauf. Doch meine Entscheidung war klar. Ich musste sie nur umsetzen. Das war so schwer. Immerhin, den Termin zum Vortanzen vor der Jury der New York Ballet Academy ließ ich sausen. Frau Rosebloom muss einem Nervenzusammenbruch nahe gewesen sein, dass ich nicht auftauchte. Sie mussten meinen Namen – den der Orlows – von der Liste streichen. Aber natürlich hing der Haussegen schief. Was Papa dachte, als er es erfuhr, wollte ich gar nicht wissen.

Alles hatte sich unendlich zugespitzt. Ich machte mein Ding. Der große Knall war unausweichlich.

(Aus dem Drehbuch)

SZENEN

(B.1)

Im BATTLELAND springen die Neonröhren an.
Marlon steigt die Stufen zur unteren Tanzebene hinab.

(A.2)

Katya verbindet ihr Handy mit ihrer Anlage.
Sie schaltet die Musik an. Lauter Hip-Hop erklingt. Vor ihrem Spiegel beginnt Katya zu tanzen.

(B.2)

Auch im BATTLELAND beginnt Marlon zu tanzen – für sich allein. Einfache, abgehackte Bewegungen.

(A.3)

Katya dreht die Hip-Hop-Musik auf. Ihre Bewegungen werden selbstsicherer, entschlossener.

(C.1)

Die Musik aus Katyas Zimmer dringt bis ins Wohnzimmer.
Victor greift zur Fernbedienung. Er schaltet klassische Musik an: das Finale von Schwanensee. Macht sie lauter, Katyas Beat übertönend.

(A.4)

Katya lässt sich nicht aus dem Takt bringen. Auch sie erhöht den Pegel – geht bis ans Limit.

(C.2)

Victor hält mit, steht auf. Macht die Musik lauter.

(A.5)

Katya geht an ihre körperliche Grenze. Strähnen kleben an ihren Wangen.
Ihre Moves bekommen etwas extrem Kraftvolles.
Es ist klar: Sie wird nicht aufgeben.

(B.3)

Auch Marlons Bewegungen werden rasanter. In kurzen Breaks brechen andere Breakdance-Stile in seinen Tanz ein. Immer schwungvoller, immer ausladender.

(A.6)

Katyas und Marlons Bewegungen werden synchron. Obwohl sie so weit voneinander entfernt sind, wirkt es, als tanzten sie zusammen. Der Hip-Hop geht in seine Endphase. Dann bricht er ab. Der Track ist zu Ende.

(B.4)

Marlon kommt zum Stehen. Er ist völlig außer Atem.
Sein Blick ist nach vorne gerichtet.

(A.7)

Durch Katyas Zimmer dröhnt nur noch die klassische Musik. Ohrenbetäubend.
Vor Energie vibrierend, fixiert sie sich im Spiegel – als blicke sie Marlon direkt in die Augen.
Katya sammelt ihre letzte Energie und tanzt.

Raus aus dem Zimmer, in den Flur … und …
hinein ins Wohnzimmer.
Katya lässt Victor für keine Sekunde
aus den Augen.
Mit einem Mal beginnt sie, die Bilder von
den Wänden zu reißen. Nach kurzer Zeit
liegen die Andenken an Victors große
Ballettkarriere in Trümmern auf dem
Boden.
Vater und Tochter blicken sich an und
finden keine Worte für das, was gerade
geschehen ist.
Katya stürmt erschrocken aus dem Zimmer.

ZIEGENGLEICHNIS

Vielleicht war es Frau Nemec, die mir schließlich Mut machte, mit Papa offen über die Dinge zu reden. Vielleicht war es aber auch die Kraft in mir, die mir den Mut gab, mit Papa zu reden. Wahrscheinlich stimmte beides.

Jedenfalls war ich völlig verzweifelt und stürzte mich auf mein Bett. Ich hätte heulen können und schluchzte laut. Es war aber auch alles zu ungerecht. Warum nur konnte ich nicht einfach so leben, wie ich wollte?

Die Tür ging auf. Ohne Klopfen. Frau Nemec kam rein und setzte sich zu mir aufs Bett. Sie schaute mich an, blickte sich im Zimmer um, strich mir über das Haar und tröstete mich dann mit den Worten: »Es ist doch alles halb so wild, mein Liebes.«

»Halb so wild?«, schluchzte ich und richtete mich wütend auf. Ich konnte nicht mehr. Der ganze Schmerz überrannte mich. Ich vergrub mein Gesicht tief in Frau Nemecs Brust und Schulter.

»Ach Katya«, sagte sie. »Das Leben ist manchmal echt 'ne richtig blöde Ziege. Mal will sie hier lang, mal da lang und – Bumms – steht sie im Wald und weiß gar nicht mehr, wohin.«

Ich stöhnte und schluchzte noch mehr. Doch Frau Nemec sprach ruhig weiter.

»Aber ich weiß auch, dass die Ziege das nicht mit böser Absicht macht. Eigentlich will die alles besonders richtig machen. Aber genau dann passiert's, dass alles immer falscher wird. Weißt du, was man dann tut? Man packt das Vieh bei den Hörnern und zeigt ihm, wo's lang geht. Katya. Natürlich muss man kämpfen. Manchmal sogar um jedes kleine bisschen.«

Irgendwie kamen die Worte von Frau Nemec plötzlich wieder bei mir an.

»Ach ja?«, sagte ich trotzig. »Und wie, bitteschön?«

»Das weißt du doch ganz genau«, meinte Frau Nemec.

»Nein«, sagte ich und schüttelte den Kopf. »Egal, was ich mache, ich tu' doch allen immer nur weh.«

»Und deshalb willst du die Ziege ewig im Wald stehen lassen?«, fragte mich Frau Nemec. »Du bist doch die Einzige, die weiß, wo's lang geht, oder nicht?«

Da brach es aus mir heraus: »Ich hab' so Angst, dass Papa und ich uns nicht mehr lieb haben.«

»Ja bist du denn völlig verrückt geworden?«, fragte Frau Nemec, nahm mich in den Arm und sagte: »Egal was passiert, so etwas geht nicht kaputt. Im ganzen Leben nicht. Vertrau mir, mein Kind.«

Ich schaute sie verzweifelt an. Hatte sie mir zugezwinkert?

Jedenfalls spürte ich ihre Kraft.

Und meine.

EINVERSTÄNDNISERKLÄRUNG

Ich sammelte mich und ging zu Papa. Er saß am Tisch im Esszimmer.

»Weißt du noch, als Mama und du mich zur ersten Ballettstunde gebracht habt?«, sagte ich. »Ich wollte gar nicht aus dem Auto steigen, weil ich so viel Angst hatte.«

An diesen Tag erinnerte ich mich genau. Wahrscheinlich würde ich ihn nie vergessen.

»Aber ihr habt mich hochgenommen und gesagt, dass ich keine Angst zu haben brauche«, erzählte ich weiter, »und dass das Tanzen das Schönste ist, was es gibt. Wie fliegen.«

Papa hob seinen Kopf und schaute mich an. Natürlich konnte auch er sich gut an den Tag erinnern. Gut, dachte ich, ging an den Tisch und legte die Einverständniserklärung für die ›Tigers‹ vor ihn hin. Dann redete ich weiter: »Wenn ich da draußen bin, mit Marlon, dann weiß ich endlich, was ihr gemeint habt. Es ist wirklich wie fliegen. Nur viel besser ...« Ich machte eine Pause. Papa sagte noch immer nichts.

»Papa«, sagte ich, »ich hab dich lieb. Wirklich. Und ich brauche doch immer noch jemanden, der mich in den Arm nimmt und mir sagt, dass ich keine Angst haben muss. Wir haben doch nur noch uns ...«

Papa schien ganz leicht zu nicken. Hatte er mir zugehört? Hatte er mich verstanden? Ich wusste es nicht. Doch dann griff er tatsächlich zum Stift und unterschrieb mit vorwurfsvollem Blick, aber ohne mich auch nur eine Sekunde anzusehen.

Ich sah auf die Unterschrift und schluckte, nahm das Schreiben und ging. In der Tür sagte ich noch: »Es wär' echt schön, wenn du morgen kommen würdest.«

Papa blieb still, würdigte mich noch immer keines Blickes. Ich ging in mein Zimmer.

Am nächsten Morgen packte ich meine Tasche. Bevor ich die Wohnung verließ,, nahm ich ein Blatt Papier, setzte mich an meinen Schreibtisch und schrieb Papa einen Brief, wo er mich finden würde. Den Brief stellte ich im Flur auf die Kommode.

»SCHEISS AUF DIE CHOREO!«

Ich hatte Marlon in seiner Bude im Wohnheim gesucht. Fehlanzeige. Da war er nicht. Nur die anderen Jungs waren da, saßen nett zusammen und quatschten. Aber Marlon nicht. Keine Spur von ihm. Seine Mitbewohner wussten auch nicht, wo er sein könnte.

Also bin ich zum BATTLELAND geradelt. Ich hab mich irre beeilt. Normalerweise ist um diese Uhrzeit kaum wer da außer Feli. Aber vielleicht hatte ich doch Glück.

»Marlon! Wo ist Marlon?«, fragte ich Feli, komplett außer Puste.

»Den hab' ich schon länger nicht gesehen«, sagte Feli. »Ich dachte, ihr habt das Vortanzen abgeblasen.«

Quatsch. Am liebsten hätte ich losgeschrien. Stattdessen kramte ich in meiner Tasche. Da war sie – die von Papa unterschriebene Einverständniserklärung. Ich knallte sie Feli in die Hände. Dann hastete ich zurück zum Aufzug. Feli rief mir hinterher: »Ey Katya, die Audition ist in einer Stunde.«

»ICH WEISS!«, schrie ich, rannte durch den leeren Tanzsaal und überlegte kurz, was ich jetzt tun sollte. Wo war Marlon?

Dann hatte ich einen Geistesblitz. Shit, dachte ich. Natürlich.

Ich nahm drei Stufen auf einmal. Hetzte die Treppen hoch ... Und tatsächlich, oben auf dem Dach saß Marlon. Er hockte auf einem Sims und glotzte in die Ferne.

»Marlon!«, schrie ich.

Marlon drehte sich um und schaute mich verwundert an, als ob ich aus einem anderen Film käme.

»Wir müssen los!«, sagte ich. »Hast du das Vortanzen vergessen ...?«

»Aber ...«, wollte er mir ins Wort fahren.

»Kein aber«, sagte ich. »Die ›Tigers‹ warten nicht auf uns!«

Marlon schaute mich skeptisch an. Keine Regung sonst. Ich streckte meine Hand aus und sagte: »Komm!«

Dann fuhr ihm ein Lächeln über den Mund, er nahm meine Hand, und ich zog ihn hinter mir her. Es war keine Zeit mehr zu verlieren, nicht eine Sekunde.

Wir liefen runter zu Feli, die schnappte ihre Tasche und wir rannten zum Auto.

In atemberaubendem Tempo raste Feli durch die Stadt. Gefühlt fuhren wir eine halbe Ewigkeit. Dabei ging es schnell, so viel Gas gab Feli. An den Landungsbrücken angekommen, bremste Feli scharf und hielt an. Marlon und ich sprangen raus.

»Komm schon!«, rief Marlon und rannte los.

»Ich komme ja schon«, sagte ich. Wusste er, wo wir hinmussten? »Check lieber, wo wir lang müssen«, rief ich.

Da meldete sich Feli: »Da runter und dann links. Denkt an eure Choreo!«

Marlon und ich schauten uns an. Und wie auf Kommando riefen wir zeitgleich im Duett: »Scheiß' auf die Choreo!«

Feli musste wie wir lachen.

Hand in Hand liefen Marlon und ich über den Steg und erwischten in letzter Minute die Fähre, die gerade ablegen wollte.

Wir mussten auf die andere Seite, wo die Audition stattfand.

Wir würden es schaffen. Wir standen die ganze Überfahrt am Bug der Fähre. Wir konnten es nicht erwarten. Wir ließen uns den kalten Wind um die Nase wehen. Es machte uns nichts aus. Wir waren voller Adrenalin. Wir würden die Welt erobern. Wir waren uns sicher.

Unterdessen:

(Aus dem Drehbuch)

**WOHNUNG ORLOW/
WOHNZIMMER/ESSZIMMER
INNEN - TAG**

Victor tritt in den Flur. Er ist gerade aufgestanden.
Sein erster Blick gilt dem Scherbenhaufen im Wohnzimmer.

ZEITSPRUNG:
Victor sitzt auf dem Sessel.
Er hebt einen Gegenstand nach dem anderen vom Boden auf und betrachtet die Erinnerungsstücke voller Wehmut.
Sein Blick fällt auf ein gerahmtes Bild.
Unter der zersplitterten Glasscheibe steckt ein Familienfoto.
Es zeigt Victor, Marie mit Paul auf dem Arm.
Daneben steht die neunjährige Katya, die in die Kamera strahlt.

Victor wacht auf.

VICTOR
Katya!

**WOHNUNG ORLOW/BERLINER ZIMMER
INNEN - TAG**
Victor reißt die Tür zu Katyas Zimmer auf.
Es ist leer.

VICTOR

Katya?

Er dreht sich um. Sein Blick fällt auf den Brief, den Katya auf der Kommode hinterlassen hat.
Hastig entfaltet er ihn.
Eine selbstgemalte Straßenkarte kommt zum Vorschein, auf der Katya markiert hat, wo Victor sie finden kann.

VICTOR (CONT'D)

KATYA!

Im selben Moment betritt Frau Nemec die Wohnung.
Sie sieht den verdatterten Victor im Flur stehen.

FRAU NEMEC

Was ist los?

Victor ist zu aufgeregt, um zu sprechen.
Er hält ihr Katyas Zettel entgegen.
Frau Nemec nimmt den Brief.
Sie versteht, richtet sich auf,
um Victor die Meinung zu sagen.

FRAU NEMEC (CONT'D)

Mit Ihnen ist es, wie Erbsen auf Kürbisse zu werfen ...

VICTOR

JA DOCH! Holen Sie Paul. Wir müssen uns beeilen.

Frau Nemec ist kurz perplex. Dann jubelt sie.

READY

Wir waren nach der Überfahrt schnell in der Messehalle, wo die Audition stattfand, und dort gleich in den Backstage-Bereich gelaufen. Hier wuselten unheimlich viele Leute rum. Geschäftiges Treiben. Die Tänzer warteten auf ihre Auftritte. Alle wollten Ali Fazer und seine ›Sonic Tigers‹ überzeugen, klar.

Ich setzte mich auf eine Bank. Ich war nervös, auch klar. Wegen des Auftritts und wegen Papa. Würde er meinen Zettel gefunden haben? Ich hielt mein Handy in der Hand, schaute andauernd aufs Display. Würde Papa anrufen? Oder sollte ich ihn anrufen?

Marlon hatte sich ein wenig Backstage umgesehen. Er kam zurück und fragte mich: »Bist du ready? Wir sind die nächsten.«

Ich nickte, legte mein Handy beiseite und erhob mich. Wir folgten dem Backstage-Manager zur Bühne.

Von unserem Platz aus konnten wir die Bühne sehen. Dort tanzten gerade Jo und Pepper und legten eine rasante Choreo hin.

Mitten im Saal saßen die ›Sonic Tigers‹. Marlon zeigte dahin und sagte: »Da ist Ali Fazer. Mann, der Hammer.«

Ich sah ihn auch, ließ meinen Blick aber neugierig weiter durch den nur leicht erleuchteten Zuschauerraum schweifen. Papa sah ich nicht.

Vom Backstage-Manager bekamen wir das Kommando, dass es jetzt für uns gleich losgeht. »Kleinen Moment noch«, sagte er.

Marlon nahm meine Hand und drückte sie ganz fest. Er strahlte siegessicher übers ganze Gesicht und meinte selbstbewusst: »Wir zeigen's denen, okay!«

Ich nickte. Wir waren bereit.

Okay. Let's go!

Kurz zuvor:
(Aus dem Drehbuch)

WOHNHAUS ORLOW
INNEN/AUSSEN - TAG

Victor müht sich unter großen Anstrengungen die letzten Treppen hinunter. Paul, am Hauseingang, hat Papas Handy am Ohr.

PAUL
Da tutet's nur.

VICTOR
Mist. Komm Paul, hilf deinem Papa.

Paul stützt seinen Vater. Gemeinsam treten sie vors Haus.
Frau Nemec sitzt im Auto und versucht den Motor zu starten.
Dieser gibt nur ein stotterndes Geräusch von sich.

FRAU NEMEC
Istvan! Wehe, du lässt mich im Stich!

Frau Nemec steigt aus dem Auto und öffnet die Motorhaube.

FRAU NEMEC (CONT'D)
(zu Victor und Paul)
Sowas hat er noch nie gemacht ...
Los jetzt. Macht.
Ich komme schon zurecht.

Paul und Victor sehen sich an. Dann laufen sie los.

STRASSE WOHNHAUS ORLOW
AUSSEN - TAG

Paul ist schneller als sein Vater.
Immer wieder wartet er, sodass Victor aufholen kann.
Dann springt Victor auf die Straße und hält einen Wagen an.

BÜHNENPOWER

Unterdessen hatten Jo und Pepper ihre Performance beendet. Sie verließen die Bühne, sahen mich und Marlon und wir klatschten uns ab.

»Haut rein!«, riefen die beiden.

Hand in Hand gingen wir raus auf die Bühne und nahmen unsere Position ein.

»Ah, noch zwei vom BATTLELAND«, sagte Ali Fazer.

Wir nickten.

»Cool«, sagte Ali. »Dann haut mal rein!«

Während Marlon dem DJ an seinem Pult noch schnell den USB Stick mit unserem Track und einige Instruktionen gab, ließ ich meinen Blick noch mal durch den Zuschauerraum schweifen. Noch immer hoffte ich, dass Papa vielleicht doch gekommen war und sich in einer der hinteren Reihen hingesetzt hatte. Aber ich sah ihn nicht.

Dann wurde es ruhig im Saal. Marlon nahm seine Position ein, schaute zu mir, fragte: »Ready?« Ich nickte.

Unser Track begann. Ich mochte den Song. Schon die ersten Takte nahmen mich gefangen. Marlon tanzte die ersten Schritte unserer Choreo. Ich hatte die Augen geschlossen, sammelte mich noch kurz, spürte meine Kräfte. Jetzt galt es. Ich fühlte mich gut, zwar spürte ich eine leichte Traurigkeit, weil Papa nicht da war. Aber die musste ich jetzt definitiv beiseite schieben.

Marlon war mit einem kraftvollen Move gestartet. Jetzt kam mein Einsatz. Er gelang perfekt. Wir tanzten synchron, magisch, wunderbar.

Dann plötzlich hielt ich inne und riskierte noch einen Blick in den Zuschauerraum. Und in diesem Moment entdeckte ich Papa und Paul. Ich konnte es nicht glauben, aber sie waren es. Sie waren hier. Papa hatte den Brief gefunden und war über seinen Schatten gesprungen. Sie schauten mir zu. Sie schauten uns zu.

Er würde mich, seine Tochter, tanzen sehen. Kein Ballett. Sondern meinen ganz eigenen Style – mit Marlon. Für wenige Sekunden schien die Welt stillzustehen. Es kam mir vor wie eine Ewigkeit. Mir zitterten die Knie. Aber ich durfte jetzt nicht einknicken. Nicht hier und jetzt auf der Bühne. Ich hatte das Gefühl, dass sich Marlon fragte, was los ist. Er konnte ja nicht ahnen, dass mein Dad da oben im Zuschauersaal saß.

Ich lächelte. Lächelte in den Saal und dann zu Marlon. Und im nächsten Moment war ich wieder ganz bei mir und bei unserer Sache. Hier auf der Bühne. Beim Tanz mit Marlon für die ›Sonic Tigers‹. Wir hatten die Chance, wir hatten so hart für sie gekämpft – und wir würden sie nutzen.

Ich machte den entscheidenden Schritt auf Marlon zu und fragte ihn: »Vertraust du mir?«

Marlon nickte.

Also zog ich den Gummi aus meinem Zopf, die Haare fielen auf meine Schultern.

Ich tanzte weiter, übernahm die Führung in diesem Battle. Ich begann zu improvisieren und tanzte Marlon an. Ich wusste, wie das geht, wusste, was ich zu tun hatte.

Immer wieder und wieder rannte ich gegen Marlon an. Es sollte so aussehen, als ob ich ihn aus einem Magnetfeld befreien würde. Immer wieder prallten unsere Körper gegeneinander. Wir tanzten uns in einen Rausch. Die Moves wurden härter. Es fühlte sich gut an, gigantisch gut sogar.

Schließlich gelang es mir, mich von Marlon zu lösen und ein befreites selbstbewusstes Solo hinzulegen. Marlon verstand sofort. Er musste mir nur folgen. Und das tat er. Mit einem großen Satz war er zurück im Spiel und versuchte nun abermals, mich in seinen Bann zu ziehen. Ich aber hielt dagegen, mit dem ganzen Körper, mit allen Sinnen, wollte verhindern, von Marlon eingefangen zu werden. Mein innerer Song war unerbittlich und klar, meine harten Streetdanceschritte verwandelten sich wie die von Marlon in einen emotionalen Contemporary, bei dem die Bodenhaftung des Hip-Hop sich plötzlich wie von selbst mit der schwebenden Leichtigkeit meines Balletttanzes verband. Mir war in dem Moment nicht mehr klar, wer von uns beiden hier gerade den Ton angab. War es Marlon? War ich es? Mir schien, es war eine perfekte Symbiose, ein großartiges Pas de deux, die Gleichzeitigkeit scheinbar unvereinbarer Gefühle – es waren Nähe und Distanz gleichzeitig.

Unser Track näherte sich dem Ende.

Marlon und ich standen jetzt auf der jeweils anderen Seite der Bühne – weit voneinander entfernt. Wir schauten uns an, es vibrierte in mir, unter meinen Füßen. Wir warteten beide auf den nächsten Step. Dann kam er. Zum exakt selben Zeitpunkt liefen wir aufeinander zu. Nun waren wir beide die Power, die Energiestrahlen, die aufeinander zuschossen und in der Mitte der Bühne aufeinanderstoßen würden. Jetzt. Gleich.

Ich setze zum alles entscheidenden Sprung an.

Marlon parierte ihn mit einem sensationellen B-Boy-Schritt und fing mich mit einer Hebefigur auf, die aus dem Ballett kommen könnte.

Wir waren auf den Punkt beide am absoluten Höhepunkt unseres Tanzes. Ich saß, nein lag auf Marlons Schulter. Es fühlte sich genial an. Ich stieß vor Freude einen lauten Schrei aus.

Was blieb, war ein Aneinanderhinabgleiten zweier Körper, die in inniger Umarmung beieinander blieben. Dann hatten wir es geschafft.

Ich fiel Marlon vor Ekstase um den Hals, er nahm mich in die Arme und hob mich über die Bühne.

Als wir die verließen, gab es einen Riesenapplaus der anderen Streetdancer Backstage. Sie feierten uns.

Auch Jo und Pepper waren da und riefen überschwänglich: »Alien!!! Stargirl!!! Wie krass war das denn?«

Marlon und ich und alle wussten: Wir hatten Großartiges geleistet.

Und Marlon wusste noch mehr. Als ich. Wir schauten uns an und küssten uns. Lang und innig.

Dann riss ich mich los und stürmte in Windeseile davon.

FINALE

Im Foyer fand ich Papa und Paul. »Hey«, sagte ich und Paul kam auf mich zugeraunt.

»Da bist du ja!«, rief Paul. »Bei dir hat's die ganze Zeit getutet.« Mein kleiner Bruder umarmte mich.

»Ich hab dich vermisst«, sagte ich. Dann schaute ich Papa an. Er lächelte. Ich ging zu ihm und wir schauten uns tief in die Augen. Ich sah keine Träne in seinen Augen. Stattdessen funkelten sie und er sagte »Ach komm« und nahm mich in die Arme.

Vielleicht wollte er etwas sagen. Aber für manche Dinge gibt es eben keine Worte. So standen wir einen Moment. Ganz fest hielt Papa mich. Mir fiel nicht nur ein Stein vom Herzen, eine ganzes Bergwerk fiel von mir ab.

Dann kam Marlon und ich stellte ihm Papa vor. Der sagte »Respekt«, und legte ihm tatsächlich anerkennend seine Hand auf die Schulter.

Plötzlich kamen Feli, Jo und Pepper angerannt und umarmten uns.

Die beiden Jungs redeten aufgeregt durcheinander. »Wie krass ist das denn ...« hörte ich nur.

»Sagt mal, habt ihr's gar nicht mitbekommen?«, fragte Pepper.

Wir schauten sie fragend an.

Und dann sagte Feli: »Mann! Ihr habt's geschafft. Die ›Tigers‹ wollen euch.«

»Rio, New York, Tokio …«, sagten Jo und Pepper.

Echt jetzt? Marlon und ich schauten uns kurz ungläubig in die Augen. Dann begannen wir vor Freude zu kreischen. Und irgendwie kreischten alle mit.

Der Rest ging in unglaublichem Jubel unter.

Wir hatten es geschafft.

**MESSEHALLE/DAVOR
AUSSEN - TAG**

Katya und Marlon stürmen Hand in Hand aus dem Gebäude. Voller Elan springen sie so hoch sie können. Freezeframe. Vor ihnen die Skyline der großen Stadt und der Hafen - das Tor zu Welt.

ENDE

INTO THE BEAT – DEIN HERZ TANZT

DIE SCHAUSPIELER

Katya: Alexandra Pfeifer
Marlon: Yalany Marschner
Victor (Papa): Trystan W. Pütter
Frau Rosebloom: Helen Schneider
Jo: Julius Nitschkoff
Pepper: Dennis Kyere
Feli: Ina Geraldine Guy
Frau Nemec: Katrin Pollitt
Paul: Anton Wichers

DIE FILM-CREW

Regie: Stefan Westerwelle
Drehbuch: Hannah Schweier und Stefan Westerwelle,
nach einer Idee von Vera Kissel
Kamera: Martin Schlecht
Choreografie: Pepita Bauhardt, Jeff Jimenez
von Flying Steps Academy
Filmmusik: Andrej Melita
Schnitt: Valesca Peters
Produzenten: Philipp Budweg, Thomas Blieninger
Koproduzenten: Michael Stumpf, Astrid Plenk,
Sebastian Kursawe, Sonja Ewers, Marc Gabizon

Der Film entstand in der Initiative DER BESONDERE KINDERFILM und wurde produziert von der Lieblingsfilm GmbH in Koproduktion mit SK. Produktions, Senator Film Produktion sowie ZDF und KiKA.

VERLEIH

Wild Bunch Germany GmbH

LIEBLINGSFILM SENATOR Film Köln

ZDF KiKA von ARD und ZDF Der besondere Kinderfilm FFA Filmförderungsanstalt German Federal Film Board FLYING STEPS Academy

mdm Mitteldeutsche Medienförderung Filmförderung Hamburg Schleswig-Holstein FFF Bayern Die Beauftragte der Bundesregierung für Kultur und Medien DEUTSCHER FILMFÖRDERFONDS DER BKM